dear+ novel

ichizuna fanno koigokoro・・・・・・・・・・・・・・・・

一途なファンの恋心

海野 幸

新書館ディアプラス文庫

一途なファンの恋心

contents

illustration：カワイチハル

一途なファンの恋心

ICHIZUNA FANNO KOIGOKORO ★

オフィスの緑化計画とやらが進んだのは何年前だっただろう。少なくとも五年前、颯斗が入社したときはまだコピー機の前に観葉植物はなかったはずだ。

窓際に置かれたコピー機の傍らには背の高い観葉植物。日当たりのいいその場所に、もう随分長いこと佇んでいる男がいる。同期の入江だ。

印刷した資料にでも目を通しているのだろう。颯斗が客先に電話をかける前からあの場にいたが、受話器を置いても未だ微動だにしていない。資料の確認なら自席に戻ってすればいいものを、まさか日向ぼっこでもしているのかと軽く疑う。

しかし十人近い社員が黙々とパソコンに向かうオフィスを見回しても、颯斗の他に入江へ注意を向ける者はいないようだ。

入江は百八十を超える長身だというのに、どういうわけか目立たない。よくよく見ると精悍な顔をしているくせに、それも不思議と見逃され、傍らに置かれた背の高い観葉植物のごとくひっそりとそこに立っている。

反対に颯斗はどこで何をしていても人目を惹く。入江ほどではないにしても長身で、容姿が華やかなせいだろう。くっきりした二重の目と高い鼻、厚い唇を兼ね備えた顔は一般人にしては派手らしく、俳優やタレントに間違われることとすらある。

最近では、若手男性アイドルグループのセンターが颯斗に似ているとかで、社内の女性社員に「まさか甥っ子さんとかじゃないですよね⁉」と興奮気味に訊かれたりもした。

自分がコピー機の前に佇んでいたらとっくに誰かに声をかけられていただろうな、などと考えていたら、ようやく入江が動いた。足音も立てず、資料に視線を落としたままその場を離れる。

途中、コピー機の前に置かれた観葉植物の枝に肩をぶつけた入江は、反射のように「悪い」と謝罪の言葉を口にした。

颯斗は何食わぬ顔で手元の資料に目を落とし、わずかに口元をほころばせる。入江はたびたびあの観葉植物にぶつかっては、相手を人間と間違えて謝罪するのだ。

コピー機の近くに座っている颯斗がそれに気づいたのはここ半年ほどのことだ。毎度律儀に謝っているので、入江が観葉植物に近づくと様子を見る癖がついてしまった。

入江は颯斗の視線に気づかぬ様子で自席に戻っていく。通路を挟み、颯斗とは背中合わせに配置された席だ。

颯斗も仕事に戻ろうとしたら、背後で「お、イルカ」という妙な声が上がった。何事かと振り返れば、これまた同期の松本が入江のパソコンを覗き込んでいる。

通路を挟んでいる上に少し距離があるので最初は松本が何を言っているのかよくわからなかったが、颯斗も入江のパソコン画面を見て、思わず「イルカだ」と呟いてしまった。

そこにいたのは、表計算ソフトを開くと現れるイルカのキャラクターだ。

松本は入江の肩を摑んで「懐かしい」と身を乗り出す。

「昔実家で使ってたパソコンにいたよ、こいつ。今も現役なんだ？」

「いや、もう十年以上前にオフィスのアシスタントは廃止されてる」

松本に応じる入江の声は、長身に見合った低さだ。そのせいで、若干高めの松本の声がますます高く耳に響く。

「でもそこにイルカいるじゃん」

「これはフリーソフトだ。開発者が遊びで入れたんだろう」

ふぅん、と呟いて松本は画面を指さす。

「このイルカ、消せないのか？　本家のイルカは『質問はありませんか？』とか話しかけてきたり、無駄なアニメーション使って鳴いたりして鬱陶しかったけど、こいつは？」

「呼んでもないのに『質問してください』って話しかけてくるし、質問するまで画面の隅でぐるぐる回ってる」

「本家より鬱陶しいじゃん！　消せよ！」

「消すとかわいそうだろ」

身長百八十を超える大男が言うにしては可愛らしいセリフに、松本だけでなく、少し離れた席に座っていた颯斗も虚を衝かれる。

入江はパソコンに顔を戻すと、画面の端でぐるぐる回っているイルカをクリックした。イルカの横に吹きだしのマークが出て、そこに何かを入力する。

「こうやって適当に質問すれば大人しくなるからいいんだ」

「……だからって今日の天気とか訊くなよ。イルカ困ってるだろ。『何のことですか？』って首傾(かし)げてるぞ」

いいんだ、と言って入江は目元をほころばせる。意味のない質問をしてイルカを構う横顔は、ペットと遊ぶ飼い主のようだ。

（多分あいつ、自動掃除機の動線上にエサと称してごみを撒(ま)くタイプだな……）

そんなことを考えていたら時計の針が正午を指し、周囲の社員たちが席を立ち始めた。颯斗も立ち上がって入江の席に向かう。

「懐かしのイルカだな」

松本の隣に立って声をかけると、ウィンドウを閉じようとしていた入江が手を止めて振り返った。それどころか椅子から立ち上がり、「見ていいぞ」と颯斗に席を譲る。

「いや、そこまでがっつり見たいわけじゃない。ちょっと懐かしかっただけで」

「懐かしいか？　これだけ顔が違うのに？」

入江はそう言うが、画面上のイルカは本家のイルカとほぼ同じ顔のように見える。松本に視線を向ければ、こちらも難しい顔で首を捻(ひね)っていた。

「本家との違いがわからん」

「全然違う。そいつの方が、顔が可愛い」

「そうかぁ？」

声を合わせた颯斗と松本の後ろで、入江はスマートフォンから誰かにメッセージを送り始めた。目ざとくそれに気づいた松本がすかさず声を上げる。

「入江、最近マメにメッセージのやり取りしてるけど、まさか相手って彼女？」

入江はちらりとこちらを見たものの、目線はすぐにスマートフォンへ戻り、うん、とも、ううん、ともつかない曖昧(あいまい)な返事をした。

「もったいぶるなよ。春先からこっち、お前が昼休みのたびに誰かにメッセージ送ってるのはわかってるんだぞ」

そういやそうだ、と颯斗も入江の手元を覗き込もうとしたが、入江が画面を胸に押し当てる方が早い。目が合うと無言で微笑(ほほえ)まれた。彼女持ちの余裕か。

松本も同じことを思ったらしく、憤然(ふんぜん)と拳(こぶし)を振り上げる。

「こうなったら飲みに行って吐かせようぜ。ちょうど今日は金曜だ」

そうしよう、と颯斗も頷く。

「入江も来いよ。今日は外出ないだろ？」

「いや、夜は先約があるから遠慮しとく」

「先約！」

またしても颯斗と松本の声が重なり、二人で「彼女だろ！」「吐け！」と入江を問い詰める。

入江はやっぱり無言で笑って、自身の腕時計に視線を落とした。

言うほど本気で入江の彼女に興味があったわけでもない颯斗たちはそれで我に返り、話題は昼に何を食べるかに移行する。

うどん、ラーメン、定食、と案を出しつつ、いつもながら話題の変え方が上手いな、と感心した。

入江とは入社以来もう五年のつき合いだが、未だに個人的な話をしたことがほとんどない。ならば他人を寄せつけないタイプかというとそんなこともなく、むしろどんな相手ともスムーズに会話を成立させられる稀有（けう）な男だ。上司や後輩はもちろん、オフィスの掃除にやってくる清掃員とも親しげに話し込んでいることがある。基本的に、自分の話をするより他人の話を聞いている時間の方が長いのだろう。

とりたてて口数が多いわけではなく、相槌（あいづち）を打っていることの方が多いのに、不思議と入江との会話は途切れない。静かな佇まいで頷き、たまに微笑んで、視線ひとつで会話の流れを変えたりする。

あまりガツガツした性格ではないのに営業成績もよく、客先で一体どんな営業をかけているのか一度見てみたいくらいだ。

（今度、営業のやり方とか訊いてみようか）

大勢で飲むことはあっても、入江と二人で飲んだことは一度もない。

いつか差し飲みに誘ってみようと考えながら、颯斗は財布を持ってオフィスを出た。

颯斗の勤める会社では、ガスコンロや給湯機器といった熱エネルギー機器の製造と販売を行っている。東京本社の他、全国各地に営業所が点在し、個人宅への営業はもちろん、ガス会社や住宅メーカーの代理店へ商品提供をすることも主要な仕事のひとつだ。

客先での打ち合わせを終えた颯斗は、会社に戻る電車の中で時間を確認する。すでに正午は過ぎていて、どこかで昼食を済ませてから帰社した方がよさそうだ。

会社の最寄り駅で電車を降りると、甘辛い出汁の匂いが鼻先をくすぐった。ホームにある立ち食い蕎麦屋から流れてくる匂いだ。

腹が減っていたこともあり、ここでいいか、と暖簾をくぐる。カウンターしかない店内には颯斗と同じくスーツ姿のサラリーマンが三人と、学生だろう若者が二人いた。

券売機でかき揚げ蕎麦の食券を買いカウンターにつくと、新たな客が店内に入ってきた。何気なく振り返り、颯斗は目を丸くする。長身を屈めて暖簾をくぐってきたのが入江だったからだ。

入江も颯斗に気づいたのか、驚いた顔で、「佐伯？」と颯斗を呼んだ。

「珍しいな、こんなところで会うなんて」

入江は食券を店員に手渡しながら颯斗の隣に立つ。すぐに颯斗が注文したかき揚げ蕎麦が出てきて、颯斗も頷きながら丼を受け取った。

「佐伯も外回りの帰りか？」

「そう、電車降りたら麺つゆのいい匂いがして、腹減ってたからここでいいかなって」

喋っているうちに入江の注文した蕎麦と親子丼のセットも出てきた。

立ち食い蕎麦屋はスピードが命だ。提供されるのも早ければ客が食べ終えるのも早い。おかげで店を出てもまだ休み時間には余裕があり、入江と公園で休憩していくことになった。

会社の近くにある公園はブランコと滑り台があるだけの小さなもので、砂場はないのに藤棚がある。平日の昼間、公園内は閑散として、颯斗たちの他に利用者はいない。颯斗は藤棚の下のベンチに腰を下ろすと、降り注ぐ陽光を片手で遮った。

六月も終わりに近く、日差しは日増しに強くなる。自動販売機で温かいコーヒーを買ってしまったが、冷たくても良かったかもしれない。

颯斗の隣に腰を下ろした入江は、コーヒーを開けるより先にスマートフォンを取り出した。また誰かにメールを返しているらしい。

（彼女に毎日メールとか……俺ならできないなぁ）

そんなことを思いつつ缶のプルタブを引き上げようとした、そのときだった。

突如傍らで『アイドルドリーム！』という大きな声が上がって手元が狂った。男女交じった複数人が綺麗に唱和した直後、賑やかな音楽がこれまた大音量で公園内に響き渡る。

何事かと入江に顔を向けると、ぶつりと音楽が途切れ、公園内に静寂が戻った。

颯斗はプルタブに指を引っ掻けたまま入江の手元に視線を滑らせる。音の出どころは入江のスマートフォンで間違いなさそうだが、入江は深く俯いてこちらを見ない。

唇を引き結んで動かない入江と画面の落ちたスマートフォンを交互に見て、颯斗は目を瞬かせた。

「もしかして今の、アイドリ?」

尋ねれば、入江がはっとした顔でこちらを向く。いつも泰然と構えている入江にしては珍しく焦った表情で、探るように颯斗を見返してきた。

「……知ってるのか?」

「知ってる。スマホのゲームアプリだろ?」

アイドルドリーム、通称アイドリは、プレイヤーがプロデューサーとなってアイドルを育てるゲームだ。加えてキャラクターとの恋愛も楽しめる、育成恋愛シミュレーションゲームである。

アイドリには男性向けの『For M』と、女性向けの『For W』があり、男性向けなら攻略対象が女性キャラに、女性向けなら攻略対象が男性キャラに変わる。

すべてのキャラクターは実在するアイドルをモデルにしており、ゲームファンだけでなくアイドルファンにもプレイヤーは多い。

颯斗は自分もスマートフォンを取り出すと、ホーム画面に並ぶアイドリのアイコンを指さした。

「俺もやってる。最近までアニメもやってたし、流行ってるみたいだから」

「……佐伯もこういうゲーム、よくやるのか？」

意外そうな顔を向けられ、颯斗は正直に「そうでもない」と答えた。

「お客さんでやってる人がいたから、話の取っ掛かりになればと思ってインストールしたんだけど、あんまりやってはいないな。このゲーム、キャラから頻繁にメールとか届くだろ？　いちいち返事するのが面倒で……」

キャラクターとのリアルな恋愛を目指したという本作は、攻略中のキャラクターから頻繁にメールが届く。

ゲーム内のメールボックスに届いたメールに、プレイヤーは用意された選択肢から返事を選んで返信する。この作業を日に何度もしなければならない。

「放置してたらあっという間にメールが溜まってキャラに怒られてさ。それっきりゲームも手つかずになってたんだけど」

何気なく口にすれば、入江の眉間にじわりと皺が寄った。非難するようなその顔を見て、颯斗は首を傾げる。

「いや、あれだけしつこくメールが来たら普通そうなるだろ」

「お前、彼女からメールが来てもそうやって返信しないのか？　面倒だとか思うのか？」

「いやいや、彼女相手ならちゃんと返信するし、連絡がきたら嬉しいよ。でもこれはゲームだろ？　このシステムが面倒なんだって」

「システムとか言うな。ちゃんと返信しろ」

　じゃあお前は逐一返事をしているのか、と問い返そうとして、ぴんときた。

「もしかして、入江が昼休みにいつもメール送ってる相手ってアイドリのキャラ？」

　入江の眉間の皺が深くなった。なんと答えるべきか迷うように視線を揺らされたが、颯斗は相手の返答を待たずに続ける。

「カレンダーと時計も同期させてる？　だったら金曜の夜は特にしつこくメールくるだろ。真面目に取り合ってると夜中になるし、他のこと手につかなくなるよな？　もしかして、金曜に飲みに誘っても来てくれないのってそのせいか？」

　入江はまだ何か迷うように沈黙していたが、じっと返事を待つ颯斗を見て観念したのか、無言で首を縦に振った。

　なんだ、と颯斗は笑みをこぼす。

「だったら先約があるなんて言わずに飲みに来ればよかったのに。改めて今週末にでも飲もう。松本も誘ってさ」

「……いや、ゲームをやっていることは、あんまり知られたくないんだ」

重苦しい口調で返す入江を、颯斗は軽やかに笑い飛ばす。

「今時ゲームぐらいなんだよ。隠すことじゃないだろ?」

入江は、うん、と頷いたものの、やっぱり気乗りしない顔だ。アイドリなんてテレビのコマーシャルでも流れているくらいメジャーなゲームだし、隠す必要もないと思うのだが。しかし羞恥(しゅうち)の感じ方は人それぞれだ。颯斗はコーヒーを一口飲んで、わかった、と頷く。

「だったら俺と二人で飲みに行こう。俺の前だったら飲んでる最中でも好きにゲームしてくれて構わないし」

「そんなこと言われたら本当にゲームにかかりっきりになるぞ。お前がつまらないだろ」

「別にいいよ。片手間に相槌(あいづち)打ってくれれば。入江とは一度差しで飲んでみたかったんだ」

入江の顔に困惑の表情が浮かぶ。どうして俺と、とでも言いたげだ。

(だって知りたい)

入江は他人の話を聞くばかりで自分のことをあまり喋らない。ゲームをやっているというのも初めて知った。イメージと違うというより、基本情報が少なすぎてイメージが掴めないのだ。

そんな男の素顔を初めて垣間見(かいまみ)て、俄然(がぜん)興味が湧いてしまった。

颯斗は猫のように目を細めて笑う。

「営業成績のいい入江からセールストークの秘訣とか聞いてみたかったんだ」

「そんなのないぞ」

「じゃあ話術の他に何か隠し玉があるんだな？　ぜひご教示願おう！　今週の金曜でいいか？　会社の近くの居酒屋とかは？　あそこ個室があるから人目を気にせずゲームもできるぞ」

入江は薄く唇を開いたものの、漏れたのは断りの言葉ではなく、諦めたような溜息だ。

「……佐伯はその調子で客から仕事を取ってくるんだな。逃げられる気がしない」

「まあな、多少強引でないと！　でも、俺と飲むのがどうしても嫌なら……断ってくれてもいいんだぞ」

勢いのいい口調から一転、後半は俯いて声のトーンを落とす。わざとらしく消沈した表情を浮かべてみせれば、入江に呆れたような溜息をつかれた。

「……あざといな。わかった、行くよ。嫌じゃない」

颯斗はたちまち満面の笑みを浮かべる。あざとくて上等。それで自分の要求が通るなら安いものだ。

わかりやすく表情を変えた颯斗を見て入江が苦笑を漏らす。その横で、颯斗は浮かれた気持ちも隠さず勢いよくコーヒーを飲み干した。

金曜の夜、仕事終わりに颯斗は入江と会社近くの居酒屋へ向かった。通されたのは、テーブルを御簾で囲った半個室のような席だ。

「ここなら人目を気にせずゲームもできるだろ？　で、どうする？　ビールでいいか？　つまみも適当に頼むけど」

入江は「任せる」とだけ言って席に着く。

「本当にゲームやってもいいのか？」

「もちろん。気にせずやってくれ」

「じゃあセールストークの秘訣はいいんだな？」

早速店のタブレットから料理を注文していた颯斗は勢いよく顔を上げる。

「本当に秘訣とかあるのか？　だったら聞いてみたい」

わくわくと解説を待つ颯斗を見て、入江は弱り顔で後ろ頭を掻いた。

「いや、別に秘策なんて何もない。ないから困ってたんだ。折角飲みに誘われたのに、伝授できることが何もない」

「なんだ、それならそれで別にいいよ。半分はお前と飲むための口実なんだから。じゃ、かんぱーい」

早々に運ばれてきたビールのジョッキを掲げ、颯斗は機嫌よく酒を呷る。入江がほっとした顔でジョッキに口をつけるのを見て、律儀な奴だな、と含み笑いした。

「でも、実際入江は成績いいだろ。特に個人宅の契約件数多いよな。もしかしてこの地域に知り合い多いとか？」

　せっかくなので少しだけ仕事の話を振ってみる。入江はお通しの明太ポテトサラダに箸をつけながら、いや、と首を振った。

「直接面識はないが、営業所には過去の顧客データがあるからな。どこの家が何年前にうちの製品を買ったかはわかるだろ。給湯器を換えて十年前後経ってる家には顔を出すようにしてる」

「十年も前のデータまで見てるのか？」

　営業所には膨大な顧客データがあるが、それを自主的に読んでいる社員がいるとは思わなかった。

「眺めてると案外面白いぞ。ひとつの家庭の三十年分のデータを追いかけると、家族の変遷もわかるしな」

　店員が運んできた唐揚げやだし巻き卵を受け取りながら、入江は訥々と語る。

「うちはハウスメーカーの代理店とも取引してるし、新しく家が建つとガス製品とか入れてもらうだろ。新築の家で、最初は夫婦二人で小ぢんまり暮らしてたのが、給湯器が大きくなって、ガスコンロも大きめのものに交換して、それだけでも家族が増えたのかなって想像つくだろ？」

「まあ、そうだな」

「そこからさらに二十年経ったらそろそろ子供が自立する頃だ。また夫婦二人に戻って、家をどうコンパクトに使うか考え直してる頃かな、なんて想像しながらパンフレットを持っていく」

枝豆を一定のペースで口に運びながら、入江は若干くぐもった声で言う。

「売り込みに行くというより、自分の想像した家庭状況が当たったか確かめに行く感じだから、飛び込み営業もあまり苦にならない」

「へぇ。あんな数字の羅列を眺めてそんな想像してるのか」

「慣れてくるとかなり正確に当てられるようになるぞ。データを見るだけなら無駄な機能がついてないフリーソフトを使うといい。動きが軽いから」

「フリーソフトって、あのイルカがいる?」

「うん、本家より可愛いやつな」

枝豆を口に放り込み、入江はまるでペットを自慢する飼い主のように目を細める。何か質問されるまで画面の隅でぐるぐる回り続けるなんて面倒極まりないのに、そこが可愛いと言わんばかりの顔だ。

「あのイルカを愛でてる奴、初めて見たな」

「そうか?　ずっと一緒にいると愛着が湧くもんだぞ」

その心境はわからん、と思っていたら、入江が枝豆を摘まむ手を止めてスマートフォンを取り出した。

「お、もしかしてアイドリのキャラからメール来た?」

「ああ。悪い、ちょっと返事するぞ」

「どうぞどうぞ、お構いなく」

颯斗は一杯目のビールを空にすると、二杯目を注文して自分もスマートフォンを取り出した。入江につられて颯斗も何週間ぶりかにアイドリにログインしてみる。が、あまりに久々過ぎて最終ログイン時の状況がよく思い出せない。

メールボックスを確認すると、攻略キャラから届いたメールが未読のまま何通も溜まっていた。

ちなみに颯斗の攻略キャラは、『キャラメルプリン』というグループに所属する『ミサキ』だ。髪をポニーテールに結(ゆ)った明るいキャラである。

とりあえずログインボーナスを回収していたらビールと料理が運ばれてきた。早々にアプリを閉じれば、ほとんど同時にゲームのキャラからメールが届く。ここのところメールは来ていなかったのだが、久々にログインしたからだろうか。

(……長いこと返信もしてなかったし、恨み節(ぶし)っぽいメールが来てそうだなぁ)

そう思うとわざわざ内容を確認するのも億劫(おっくう)で、颯斗はスマートフォンをテーブルの隅に寄せて焼き鳥の盛り合わせに手をつける。

甘辛いたれの絡(から)んだねぎ間(ま)を頬張り、残った串をどこに置こうかとテーブルの上に視線を走らせていたら、向かいに座る入江がじっとこちらを見ていることに気づいた。しかもどことなく表情が険(けわ)しい。

颯斗は口の中のものを飲み下し、入江の視線を追うように手元の串を見下ろした。

「……悪い、ねぎ間食いたかった？　もう一本頼むか？」

「いや、別にねぎ間はいい」

「もしかして、串から肉抜いて食べる文化の人？　俺、あれ面倒くさくてさ。焼き鳥って串から直接食べるのが美味（うま）くないか？」

「いや、だから焼き鳥の話はいい」

だったらなんだ、と首を傾げた颯斗を見て、入江は険しい表情のままテーブルの隅のスマートフォンを指さした。

「佐伯もアイドリやってるんだろう？　誰かからメールが来てるんじゃないのか？」

「ああ、来てるな」

颯斗は灰皿に串を置くと、たれで汚れた指をおしぼりで拭（ふ）いた。しかしその手はスマートフォンではなく、テーブルの中央に置かれた枝豆に向けられる。

通知ランプが点滅するスマートフォンを尻目に枝豆を摘まんでいると、入江に不可解なものでも見るような顔をされた。

「……いいのか、待たせて」

「ん？　別にいいだろ。すぐ返信しなかったからってペナルティがあるわけじゃないし」

「でも相手は待ってるだろう」

いつも淡々としている入江の声に非難めいた響きがこもっているのに気づき、颯斗は枝豆の皿に伸ばしていた手を引っ込めた。

「相手って、ゲームのキャラだろ？」

「だとしても、放っておいて胸が痛まないのか？」

痛むわけないだろ、と返そうとしたが、入江の目が真剣だったので呑み込んだ。

「……もしかしてお前、ゲームのキャラにマジでハマってるのか？」

「ハマっているというか……」

入江の声が尻すぼみになる。同時に入江のスマートフォンにメールが届いた。アイドリのキャラからだ。入江が画面のロックを解除した瞬間を狙い、颯斗は椅子から腰を浮かせて画面を覗き込んだ。

それほど本気になるなんて、一体誰を攻略しているのだろう。明るいミサキか、それともツンデレのレイか、はたまたドジっ子のモモカか――。

どのキャラを選んでも驚きはすまい、と思っていたのだが、画面に映っていたキャラクターを目にして、声を失ってしまった。

そこにいたのは大きな瞳が印象的なショートカットのキャラクターだ。しかし、颯斗のプレイするアイドリにこんなキャラクターは存在しない。このキャラクターは、どう見たって男ではないか。

入江は颯斗の突然の行動に驚いたのか、画面を隠すことすら忘れてこちらを見ている。颯斗もまた目を丸くして、入江の顔をまじまじと覗き込んだ。

「お前がプレイしてるの、『For W』？」

入江はようやく我に返った様子でスマートフォンをテーブルに伏せると、何か言おうと口を開きかけ、しかし思い留まったようにビールを呷り始めた。

ジョッキを空にした入江に新しいビールを注文して、颯斗はテーブルに身を乗り出す。

「Wは攻略対象が男だろ？　今画面に映ってたキャラも男だったし」

入江は苦々しい顔で「知ってる」と答え、だし巻き卵を口に放り込んだ。

すぐに店員が新しいビールを持ってきて、颯斗はそれを入江の前に押し出す。黙々と料理を口に運ぶ入江が説明を拒否したがっているのは理解したが、引き下がるつもりもなく目顔で先を促した。

個室の中に沈黙が落ちる。無言の攻防の後、入江はおもむろにジョッキの持ち手を摑んで溜息をついた。

「……妹に、どうしてもと頼まれたんだ」

「妹がいるのか」

「ああ。友達紹介ポイントが欲しいと言われて、無理やりアイドリをインストールさせられた」

「無理やりって言うわりにハマってるみたいだけど」

入江は喉を鳴らしてビールを飲み、「ハマるというか……」とまた言葉を濁した。

「俺がゲームを進めなかったら、あいつらはどうなる？」

「ん？　どうって？」

「ゲームの中も現実に合わせて刻一刻と時間は進むんだ。俺がログインしなかった日、あいつらは無為に一日を消費することになる。一度始めた以上、途中で放り出せないだろう。最後まで責任を持たないと」

颯斗は鳥皮の串を摘まんで、ええ、と喉を絞められたような声を出した。

「そんな犬とか猫とか飼うような心境でゲーム始めるのか？　それで毎日ログインして、マメにメールも返してんの？」

「だって落ち着かなくないか？　メールが来たのに放置するのは」

「そりゃ、相手が現実の人間だったら多少は気になるけど」

颯斗には理解できない感覚だ。そもそも颯斗はあまりゲームをやらない。やったとしてもパズルゲームやアクションゲームばかりで、アイドリのようなシミュレーションゲームは初めてだ。客先の人間に勧められなければきっと手を出すこともなかった。

ぴんと来ない顔をする颯斗を見て、入江はもどかしげにジョッキの底でテーブルを叩いた。

「わかってる。ただのゲームだ。でも気になる。『返信はすぐにして欲しい』と相手に言われてしまったし、『そうする』と応じた以上、約束を破るのは胸が痛む」

「ガチ恋勢か?」

「そういうわけじゃない!」

入江は勢いよく顔を上げたものの、またすぐに俯いてしまう。

「……放置すると罪悪感がすごいだけだ」

「そういえばお前、あの鬱陶しいイルカも消せないんだもんな」

「かわいそうじゃないか。非表示ボタンを押すのは『消えろ』と告げるも同然だぞ。イルカの気持ちを考えろ」

口にしただけで痛々しい気分になったのか、入江は両手で顔を覆ってしまった。

颯斗は鳥皮を頬張りながら、珍獣を見るような目で入江を眺める。

入江は捉えどころのない男だと思っていたが、こうして話をしてみると予想外に面白い。颯斗には何ひとつ理解できないことを真顔で口にするのが興味深かった。

「なんでそんな思考回路が発生するんだ? 相手が人間なら理解できるが、イルカにしろアイドリのキャラにしろ無機物だろ? 生き物ですらないのに」

入江はのろのろと片手を下ろし、手元のスマートフォンに視線を落とした。

「無機物は思考しないんだろうか」

「ん? 何?」

「物が何かを考えることはないと思うか?」

颯斗は灰皿に投げ入れようとしていた串を止め、摘まんだそれを軽く振った。

「こういう物体が、ものを考えているかもしれないって？」

「焼き鳥の串だとイメージがつきにくいなら、ぬいぐるみはどうだ？　人形でもいい。そういうものを捨てるとき、なんとなく忍びない気分にならないか？」

あぁ、と颯斗は声を漏らす。それなら少しは理解できた。特に顔のあるものは捨てにくい。ゴミ箱に放り込むときに目なんて合ってしまうと、さすがの颯斗も躊躇（ちゅうちょ）する。

熟考する颯斗を見て、入江が口元に微苦笑を浮かべた。

「自分でもおかしなことを言ってる自覚はあるんだ。多分、妹の影響が強いんだと思う」

「妹さんは無機物にも意識とか感情があるって信じてるのか？」

そういうわけじゃない、と入江は口元に浮かべた笑みを深くした。

「妹とは七歳離れてる。妹が小さい頃は、散々ままごとにつき合わされた」

入江の妹がママ役で、入江がパパ役。子供たちの役はぬいぐるみに割り当てられた。ウサギが長男、パンダが次男、クマが三男という具合だ。

「妹はぬいぐるみに声を当てて動かすのが得意だった。腹話術（ふくわじゅつ）って程じゃないんだけどな、子供ながらに声色や口調を変えて、それぞれのキャラになり切るんだ。そうすると不思議なもので、俺までウサギやパンダのぬいぐるみに意思があるように見えてきた」

ままごとの最中でなくとも、床にぬいぐるみが転がっているとソファーに座らせるようになったし、ひざ掛けから足がはみ出しているとかけ直してやるようになった。

そのうち妹は、ぬいぐるみ以外の物にも声を当てるようになった。

「最初はままごとで使ってるフライパンだった。俺が雑に投げたら、『痛い！』って言われたんだ。他にもリモコンとかクッションとか、ぞんざいに扱うと『痛い』『どうしてそういうことするの？』って……」

「ちなみにそのとき、入江は幾つだ？」

「十歳かな。小学校の四年生くらいだったと思う」

「それはちょっと、影響されるかもしれないな……」

物だって乱暴に扱われたら痛いし悲しい、なんていかにも子供騙しの言葉だが、子供が騙されるから子供騙しなのであって、その刷り込みが後々まで影響を与えても不思議ではない。

話の途中、颯斗ははたと膝を打つ。

「じゃあもしかして、コピー機の横の観葉植物にぶつかったときいつも謝ってるのも、人間と間違えてるわけじゃなく？」

「間違えてはいない。ぶつかったから謝ってるだけだ。相手が人間じゃなくても」

「なんだ、俺はてっきり……」

毎度観葉植物を人間と勘違いしているのかと思っていた、と言おうとして言葉を呑む。考えてみればそんなに何度も同じ勘違いを繰り返すわけがないのだ。こっそり入江を鈍臭いと思っていたことがバレてしまいそうで、颯斗は咳払いで続きをごまかした。

「まあ、そういうことだったらわからなくもないな。特に恋愛シミュレーションなんて、プレイヤーの感情をくすぐってなんぼみたいなもんだし」

「そうだろう？　だからお前も早くメールの返事をしてくれ。見ているこっちが気が気じゃない」

入江にスマートフォンを指差され、颯斗は不承不承それを手に取った。再びアイドリを起動してメール画面に移動する。最新のメールを確認すると、案の定長くログインしなかったことを責めるような文面が並んでいた。

「『最近ずっと会いにきてくれなかったね』って言われた」

「何日ログインしてなかったんだ？」

「二週間ぐらいかな。三週間かも」

入江から信じられないとでも言いたげな目を向けられ、颯斗はうろたえて口を滑らせた。

「いや、だって、そこまでキャラに思い入れないし、一応ストーリーは進めてるけど画面連打してるだけで、選択肢だって一番上しか選んでないぞ」

「選択肢選んでないのか⁉」

今度こそ人でないものを見るような目で見られてしまった。

「かなり迷う選択肢もあるのにか？　次のコンサートで誰をセンターに置くかとか。ものには言い方ってものがあるだろう？　一番上の選択肢は大抵冷たい言い草だぞ」

「そうだったか？　でも、ああいうシミュレーションゲームって選択肢によってストーリーが分岐するんだろ？　コンプリートしようと思ったら、最初は全部一番上の選択肢を選んでおいた方が分岐点で迷わなくていいって、昔ゲーマーの先輩が言ってたから……」

「そんな血も涙もないプレイを実行する人間がいるのか……」

入江はジョッキを口元に運びながら、颯斗を一瞥して「冷血漢」と呟いた。

そこまでひどいことをしただろうか。所詮ゲームだ、と思う自分は確かに冷血漢なのかもしれない。まめにゲーム画面を確認してキャラクターとコミュニケーションを図っている入江を見ていると、自分の方が間違っている気分になってくる。

颯斗は二杯目のジョッキを空けると、入江にも新しいビールを注文してテーブルに身を乗り出した。

「ところでお前、誰攻略してんの？　さっきのキャラ、名前なんだっけ？」

入江は一瞬画面を伏せるような仕草をしたものの、さすがにこれ以上隠しても仕方ないと思い直したのか颯斗の方に画面を向けた。

画面の中央には、くっきりした二重の目が印象的なキャラクターが立っている。明るめの茶髪に、口元に浮かぶ甘い笑み。最近テレビで放送されているコマーシャルでもセンターに立っているキャラクターだ。

「タケルだっけ？　確かこのキャラ、『メルトシャワー』ってグループのセンターがモデルなんだよな？　名前もそのまんまじゃなかったっけ」

「ああ、日比谷健がモデルだ」

さらりとフルネームが出てきて驚いた。ゲームだけでなくモデルになった実在のアイドルにまで精通しているらしい。

ここまでくると驚くよりも楽しくなってきて、颯斗は新しく運ばれてきたジョッキを上機嫌で入江のジョッキにぶつけた。

「そういえば俺、メルトシャワーのセンターに似てるって言われたことあるぞ。本物はまだ十代だから半分お世辞だろうけど」

ほら、と前髪をかき上げてみせれば、入江が大きく身を乗り出してきた。

軽い気持ちで口にしたのに、まじまじと見詰められてさすがに怯んだ。入江はかなりゲームに入れ込んでいるようだし、お前のどこがタケルだ、などと吐き捨てられたら流石に恥ずかしい。

慌てて前髪を下ろし、なんてな、と笑ってごまかそうとしたら、ふいに入江が相好を崩した。

「そうだな、ちょっと似てる」

「そ、そうか？　気を使うなよ！」

「使ってない。似てると思う。いつも笑顔でいようとしてるところとか、率先して場の空気を盛り上げようとするところとか。リーダー気質だな、周りをよく見てる。顔も似てる。特に目元がそっくりだ。まっすぐ相手を見るときの視線の強さとか、笑うと目尻が下がるところとか。表情も、ネコの目みたいにくるくる変わるから目を離せない。天性の魅力だと思う」

いきなり入江の言葉数が増えて狼狽えた。好きなものを語り始めると途端に口数の増える者がいるが、入江もその口か。あるいは酔いが回っているのか。よく見ると入江の目元は赤く染まっているが、颯斗まで赤くなってしまいそうだ。入江はアイドルの話をしているのに、それに似ているという自分まで一緒に褒められているようで照れくさい。

入江はまだ何か続けようとしていたが、スマートフォンの通知ランプが点滅したのに気づいて言葉を切る。ゲーム内のタケルに声でもかけられたらしく、指先で画面をタップし始めた。

アイドリはタッチ機能もついていて、画面上のキャラクターに触れると相手が反応してくれる。頭に触れれば肩を竦められるし、頬を撫でればくすぐったそうに笑われる、といった具合だ。

入江はビールを飲む合間に画面をタップしては、口元を緩めてふっと笑う。まるで膝に甘えてくる子供をあやすような仕草を見て、颯斗はジョッキの中に声を落とした。

「……いいな」

店内の喧騒に紛れてしまってもおかしくないくらい小さな声だったのに、入江はそれを聞き逃すことなく顔を上げる。何が、と言いたげな視線を向けられ、酔いに任せて素直な気持ちを口にした。

「お前の推しはいいな。たっぷり構ってもらえて、羨ましい」

頻繁にメールを送っても必ず返事がくるし、黙っていても気の済むまで構ってもらえる。

いいなぁ、ともう一度呟いた声には、子供じみた羨望がたっぷりと滲んでしまった。

入江はスマートフォンの端に指を添えたまま、意外そうな顔で颯斗を見る。

「お前も構われたいのか？　佐伯はむしろ相手を構いたがるタイプだと思った。構うというか、エスコートするというか」

「相手にそれを期待されちゃうからな」

「それを理解して応じてるってことか？　実際はしたいわけでもないのに？　そんなの疲れるだろう」

「でも、応じないと幻滅される」

華やかな容姿のせいか、率先して先頭に立とうとする性格のせいか、颯斗は幼い頃から周囲に期待されることが多かった。貴方ならできる、君なら大丈夫と背中を押されると、つい無理をしてでも期待に応えようとしてしまう。そうして親や教師やクラスメイトたちの期待に応え続け、気がつけば恋人にまでそんな心構えで接するようになっていた。

入江は冷めかけた唐揚げをつまみ、不思議そうに首を傾げる。

「意外な一面を見たところで、幻滅なんてしないだろう」

「するよ。だってこんなでかい図体で甘えられたら気持ち悪いだろ？」

唐揚げを咀嚼しながら、入江がじっとこちらを見る。颯斗が甘えてくる姿でも想像しているのかもしれない。想像だけで顔をしかめられてはたまらないと言葉を変えた。

「他人に甘えられるのって面倒くさいだろ？」

忙しいときに誰かに甘えられても困るだろうし、疲れているときに構って欲しいなんて言われたら途方に暮れるに違いない。

自明の理だと思ったが、箸を置いた入江は納得しかねる顔でこう言った。

「俺は妹にさんざん甘えられて全力で甘やかしてきたが、それを面倒だなんて思ったことはないぞ」

「そりゃ、相手は血の繋がった妹だから……」

入江は先程よりさらに赤くなった顔をこちらに向け、ゆっくりと瞬きをすると、柔らかく目元をほどいた。

「好きな相手ならますます、甘やかしてやりたいと思うよ」

騒がしい店内で、入江の声は驚くほど優しく耳を打った。

「そ、そうか……？」

とっさに視線を下げ、それきり入江の顔を見られなくなった。入江の声が耳の奥に残っているようでそわそわと落ち着かない。

枝豆の皿を手元に引き寄せ、そうかな、と内心思う。少なくとも颯斗がこれまで付き合った女性たちは、そんなふうに颯斗を甘やかさなかった。皆有能で、忙しい人たちばかりだったから。

颯斗は枝豆を口に放り込み、そろりと入江に視線を戻す。

入江はスマートフォンに視線を落として、指先でタケルを構ってやっているところだ。口元に笑みを浮かべた顔はやっぱり底なしに優しくて、現実でも入江に好かれる相手は幸せだな、と思った。

(……いいな)

胸に転がった言葉は思いがけず切実な響きを伴って、颯斗自身驚いた。こんなことを本気で思うなんて、気づかぬうちに自分も大分酔っていたのだろうか。

颯斗は入江から視線を外すと、妙な思考を追い払うように次々枝豆を口に運んだ。

不吉な前触れというものはある。たとえば出がけに靴紐が切れるとか、黒猫が目の前を横切るとか。

颯斗の場合、会社に到着するなりステンレス製の腕時計のバンドが壊れた。

修理を要するものとみて自席の引き出しに腕時計をしまうのと、電話が鳴るのはほぼ同時だ。

まだ席についている社員はまばらで、颯斗はなんの気構えもなしに受話器を取る。

はい、と口にするかしないかというところで、電話の向こうから怒声が飛んできた。

『担当者はいつになったら現場に来るんだ！　とっくに業者は入ってるんだぞ！』

——その電話が、颯斗にとって悪夢のような一日の幕開けとなった。

電話口で一方的に怒鳴りつけられ、どうやら朝一の工事に立ち会うはずの社員がまだ到着していないことは把握したが、現場がどこで担当者が誰なのかがわからない。怒り心頭の相手の神経を逆撫でしないようどうにかこうにか情報を引き出し、ようやく担当者が松本であると突き止めた。

確認してすぐ折り返すと告げて電話を切る。周囲の社員も、尋常でない剣幕で電話がかかってきたことを察して心配顔だ。

「松本は？　朝一の現場にまだ行ってないみたいなんだけど」

颯斗の言葉が終わらぬうちにオフィスの電話が鳴った。別の社員が電話をとって、「松本さん!?」と驚いたような声を上げる。短いやりとりをした後、受話器を置いた社員は青い顔で颯斗を振り返った。

「松本さん、昨日の夜酔っ払って歩道橋から落ちて、ついさっきまで病院のベッドで寝てたらしいんです。意識を取り戻してすぐに連絡をくれたみたいなんですけど、足を怪我してるらしくて、今日は出社できないと……」

こんなタイミングで！　と叫びたくなったが、起きてしまったことは仕方がない。颯斗はすぐさま先方に電話を入れ、代わりの者を向かわせると伝えようとしたのだが、現場ではさらなる事態が発生していた。発注と異なる製品が納入されているらしい。

またしても一方的に怒鳴りつけられて状況を把握するのに時間が掛かったが、要約するとこうだ。

大規模修繕中の福祉施設に都市ガス用製品を納入する予定が、手違いでＬＰガス製品が納入されたらしい。現場では建物の工事が同時並行で進んでおり、今日中に品物が入らないと全ての工期が狂ってしまうと現場責任者はかんかんだ。

「まずい、課長は？」

いったん電話を切った颯斗は課長を探したが、課長は名古屋に出張で帰ってくるのは明日の予定だ。ならば所長を兼任している部長はと思えば、こちらは本社の幹部会議に出席中で、戻ってくるのは夜になる。

八方塞がりだったが、まずは課長に電話で指示を仰いだ。新幹線で今まさに出張先に向かっていた課長は、事情を聞いて深々と溜息をついた。

『とりあえず、今日中に品物を納入しないとどうにもならないんだろう。近隣の代理店に片っ端から連絡して、予備の製品をかき集めてこい』

「わ、わかりました。先方への説明は誰が……」

『電話をとったのは佐伯なんだろう？　だったらお前が行け。他の人間が行くより話が早い。相手は気が立ってるだろうし、同じ説明を繰り返させてますます機嫌を損なうようなことはするな』

颯斗はぐぅ、と喉を鳴らす。嫌だと言わなかった自分を褒めてやりたい。

電話口でさんざん罵倒された直後だ。面と向かってあれをやられたら心が折れると思ったが逃げるわけにもいかない。わかりました、と言葉少なに応じて電話を切る。

颯斗は取り急ぎ、状況を見守っていた社員たちに課長の指示を伝えた。現場には松本に代わって自分が出向くとも。

皆一様に気の毒そうな顔をしたものの、すぐに「佐伯なら大丈夫だ」と太鼓判を押してくれた。

「佐伯さんなら上手いこといきますよ！」

「そうだよ、佐伯はどこに行っても相手に気に入られて帰ってくるもんな」

半分は慰めだが、半分は本気で言ってくれているのだろう。営業所の面々は、頑張ってこい、と手放しで颯斗の背中を押す。

期待されるとどうにか応えようと思ってしまうのは颯斗の習い性に近い。今回も、内心の不安を振り切って満面の笑みで応じた。

「任せてください！　どうにかしてきます！」

「さすが佐伯！」

「帰ったら飲みに行こう！」

わっと周囲から拍手が起こる。本来なら手を叩いて盛り上がっている場合ではないのだが、こういうとき颯斗はどうしても深刻な表情を浮かべられない。相手に心配をかけまいと、窮地に追い込まれてもなお笑顔を作り、大丈夫だと胸を叩いてしまう。

本当は何ひとつ大丈夫ではないというのに。

会社を出て、現場に向かうべく駅へと急ぎながら、颯斗は本気で頭を抱えた。

(何が任せてくださいだよ、どうにかしてきますだよ！　どうすんだよ、俺！)

こんなとき、「できません」「助けてください」と言えない自分が嫌になる。

いい格好ばかりしてしまう自分を罵りつつ、颯斗は足早に駅へ向かった。


結論から言うと、颯斗が引き受けたトラブルはその日のうちに解決した。営業所の面々が奔走してくれたおかげで、なんとか現場に都市ガス製品が全数納入されたからだ。

だが、自分のミスでもないのに現場監督に一方的に怒鳴られ、膝に額がつくほど深々と頭を下げ続けなければいけなかったのだから厄日であったことは間違いない。

なんとか工事の順序を変更してもらい、代理店から予備の製品をかき集めるまでかかった時間は半日。その間、颯斗は地獄のへどろを煮詰めたような雰囲気の中、延々と現場監督の叱責を受け続けた。

最後の方になると現場監督も罵倒の言葉が尽きたのか、最近部下に蔑ろにされているという個人的な愚痴を延々と聞かされた。ここまでくるとストレス解消のサンドバッグにされている気分だったが、納入ミスはこちらの責任であるし、颯斗は最大限誠意を込めて相手の言葉に頷き続けた。

製品の納入と取り付けを見届け、現場を出る頃にはすでに太陽が傾きかけていた。

駅に向かいながら会社に電話をかければ、待ち構えていた社員に『どうだった?』と尋ねられ、疲れました、と返すつもりだったのに口が滑った。

「大丈夫です、問題ありませんでした。相手の愚痴に相槌を打ってるだけだったので、思ったより大変でもありませんでしたよ」

『お、さすが佐伯！　我が所のエースは伊達じゃないな！　今日は奢ってやるから飲みに行こう。武勇伝楽しみにしてる』

「本当ですか、ありがとうございます」

そう返して電話を切った颯斗の顔から笑みが消える。

「……なんだ、武勇伝って」

呟く声が雑踏にさらわれる。そんなもんあってたまるか。ただただ相手の暴言を殊勝な顔で拝聴するだけの無為な時間だったというのに。

電車に乗り込んだ颯斗は吊革に摑まり、窓ガラスに映る自分の顔を眺める。疲れ切って目が淀んでいるが、他人の前だとこの顔ができない。疲れたり落ち込んだりしていては周りの人間に心配をかけてしまうと思うと、勝手に口角が上がる。ほとんど癖だ。

会社の最寄り駅に着いたものの体は泥のように重く、少しだけ、と言い訳をして会社近くの公園に立ち寄った。

藤棚の下のベンチに腰を下ろし、背もたれに寄りかかって息を吐く。とにかく疲れた。表情を取り繕うこともできないくらいに。こんな顔では会社に戻れない。

どっぷりと疲労に浸かった体を投げ出していたら、「佐伯？」と声をかけられた。

反射的に体を起こし、声のした方を振り返る。公園の入り口にいたのは入江だ。

「どうした、外回りの帰りか？」

そんなことを言いながらベンチに近づいてくる入江を見上げ、颯斗は緩慢な瞬きをした。入江は朝から客先に直行していたから、現場でトラブルがあったことも、その応対に颯斗が駆り出されたことも知らないのだろう。

何も知らないがゆえにのんびりとした入江の顔を見ていたら妙に気が緩んで、愚痴めいた言葉が口を衝いて出そうになった。が、唇を噛むことでそれを堪え、颯斗はにっこりと笑ってみせる。

「ちょっと休憩中。もう少し休んだら会社に戻るよ」

「そうか。じゃあ、俺は先に戻るけど」

「おう、お疲れ」

颯斗がひらりと手を振れば、入江も応じるように片手を上げて公園を出ていった。その後ろ姿を見送って、颯斗はほっと息を吐く。

再びベンチに寄りかかり、何をやっているんだか、と口元に自嘲めいた笑みを浮かべた。

（どうしてこう、なんでもない振りをしちゃうんだろうなぁ）

こんなことばかりしているから誰も颯斗を案じない。そう仕向けているのは自分だが、もう少し心配してくれよと思うのだから支離滅裂だ。自分から弱音を吐くこともできないくせに。

ベンチにもたれて藤棚を見上げる。花の季節はとうに去り、枯れた枝が絡まる藤棚の向こうに夕暮れの迫る空が見えた。

長いことぼんやりと空を眺め、疲れた、と呟いて目を閉じたとき、背後でジャリっと砂を踏む音がした。

「疲れ果てた顔してるな」

上から突然低い声が降ってきて目を見開いた。視界一杯に映り込んだのは、仰向いた颯斗の顔をベンチの後ろから覗き込む入江の姿だ。

颯斗は慌てて身を起こす。表情を取り繕う暇もなかった。片手で意味もなく口元を拭い、入江の視線から逃れるようにベンチの端に寄った。

「な、なんだよ、会社に戻ったんじゃないのか？」

「戻った。そうしたら、お前が朝から松本の尻拭いに奔走してたって聞いたから」

ベンチを回り込んで颯斗の前に立った入江は、なぜか両腕に缶ジュースを抱えていた。

「大変だったな。休むなら何か飲んだらどうだ」

そう言って入江が差し出したのはコーヒーとココアとレモンスカッシュだ。

選べとばかり突きつけられて、視線がココアへと向かう。疲れ切った体は甘いものを欲していたが、伸ばした手は缶コーヒーに向かった。なんとなく、ココアなんて柄じゃないかと思ったからだ。

颯斗が缶コーヒーを手に取ると、入江は残りの二つを颯斗の膝に置いた。

「こっちもやる。気が向いたときに飲んでくれ」

最初から、全部颯斗にくれるつもりでいたらしい。

膝の上に置かれたココアを見たら、張り詰めていた心がゆっくりとほどけた。一度は自ら手に取った缶コーヒーを脇に置き、改めてココアを掴んでプルタブを上げる。

一連の行為を見守っていた入江が不思議そうに眉を上げたので、颯斗はもう疲れた顔も隠さず眉尻を下げて笑った。

「ありがとう。本当は、甘いものが飲みたかったんだ」

「だったら最初からココアを取ればよかったんじゃないか？」

「そうなんだけど、前に会社の給湯室でコーヒーに砂糖とミルクどばどば入れてたら、偶然通りかかった女の子に『イメージじゃない』って言われて、あ、そうなんだって」

言いながら、馬鹿馬鹿しくて自分で笑ってしまった。他人のそんな一言に左右されるなんて。

「格好つけなんだ。馬鹿みたいだろ」

颯斗の乾いた笑い声が公園内に響く。けれど入江は一緒に笑わず、颯斗の隣に腰を下ろした。

「格好つけというより、他人の期待に応えすぎなんじゃないか？　もう少し地金を出してもいいと思うけどな」

入江がジャケットのポケットから何かを取り出す。拳を突き出されたので手を出すと、手のひらの上に個包装された飴やせんべいやチョコレートがバラバラと落ちてきた。

「お前の机に置いてあったのを持ってきた」

「こんなの、誰が？」

「わからん。誰からともなくお前の席に持っていったんだろう。地蔵の前に置かれたお供え物みたいになってたぞ」

「なんでそんな……」

「労いのつもりだ。それと一緒だよ」

そう言って、入江は自分の買ってきた缶コーヒーやジュースを指さした。

傾き始めた日射しが入江の横顔を柔らかく照らす。頬に穏やかな笑みを浮かべ、入江は「お疲れ」と言った。

「大変だったな。皆も心配してたぞ」

思った以上に優しい声に、うん、と頷いてしまいそうになった。

そうなんだ、大変だったんだ、と弱音をこぼしかけ、慌てて唇を引き結ぶ。

甘えた言葉を飲み込むように甘いココアを一口飲めば、温かなココアが疲れた体にしみ込んだ。おかげで引き結んだはずの唇まで緩んでしまって、颯斗は苦笑交じりに呟く。

「……誰も心配なんてしてないと思った。俺を送り出すときは、お前なら大丈夫だって皆笑ってたから」

「佐伯を大いに信頼してたからそういう態度になったんだろう。でも、心配もしてたよ」

そうかな、と呟く颯斗に、そうだよ、と返して入江がまたポケットから何か取り出した。

「これもやろう」

今度は箱入りのキャラメルだ。しかもパッケージにはアイドリのキャラクターが印刷されている。

「この商品、アイドリとコラボしてるんだ。パッケージは十四種類あるんだが、見ろこれ、タケルだぞ」

推しキャラのイラストが描かれた未開封のキャラメルを颯斗の手に載せ、入江は熱を込めた口調で言う。

「タケルのパッケージはレアなんだ。俺もコンビニを七軒はしごしてようやく見つけた。妹にも見せてやろうと思って」

「マジか、じゃあ容器は持って帰れよ」

「そう言ってもらえるとありがたい」

食い気味に返事をされ、素直すぎるその反応に笑ってしまった。

入江は箱の中身を残らず颯斗の手の上に出すと、空箱を大事そうにポケットにしまった。

その子供じみた仕草に、ふふ、と柔らかな笑い声が唇から漏れた。不思議と癒される光景だ。何かに夢中になっている人を見ていると、こちらまで楽しくなってくるのはなぜだろう。

いい大人が好きなキャラクターのためにコンビニをはしごしたり、空の容器を大事そうにしまい込む姿を見ていたら、なんだか入江の前で気を張っているのが馬鹿らしくなってきた。

颯斗は大きく息を吐いてベンチの背もたれに身を預ける。疲労を溜め込んだ体はずるずると傾いて、隣に座る入江の肩に頭が触れた。入江が嫌がる素振りを見せないので、本格的にもたれかかって目を閉じる。

「ちょっと、ごめん」

「さすがに疲れたか」

「ん……。会社に戻ったら、ちゃんとするから」

今だけ、少しだけ体を休めたかった。寄り掛かった入江の体は大きくて、触れた部分がじんわりと温かくなる。

「別に疲れた顔を隠す必要なんてないんだぞ」

「でも、周りに余計な心配させると悪いし、幻滅(げんめつ)されても困るし……」

「しないよ」

笑いを含ませた声で、入江ははっきりと断言した。

「アイドルのバックステージを知っても、ファンは喜ぶだけだろう？」

「……ん？　何？」

うとうとしていて入江の言葉を聞き逃した。入江は「なんでもないよ」と笑っただけで、同じ言葉は繰り返さない。

夕暮れの公園は静かで、風が緩やかに髪を撫でる。だんだんと、瞼(まぶた)に触れる夕暮れの光が薄くなってきた。

颯斗を自身にもたれかからせたまま、入江は独白のような口調で言う。

「よかったら今度、推しのＤＶＤを見てくれ。お前によく似てるから」

推しってアイドリのタケルか？　と尋ねたつもりだったが声は出なかった。似てないよ、俺あんなに目がキラキラしてないもん、という言葉も、寝息に紛れて言葉にならない。なんとか口にできたのは「見たい」という一言だけだ。

うん、と入江が頷く。自分の言葉は正しく入江に伝わっただろうか。

鼻先に甘いココアの香りが漂い、強張って(こわば)いた体から力が抜ける。

気が付けば、颯斗は入江の肩にもたれたまま、自分でも驚くほど無防備に眠りに落ちてしまったのだった。


都市ガス製品とLPガス製品を取り違えるという初歩的なミスを犯した松本は、足を痛めただけでなく軽く頭も打っていたようで、精密検査のため翌日の金曜も会社を休んだ。

颯斗は週明けに松本が出社してくるのを待ちながら、真顔で「あいつにはフグでも奢ってもらわなきゃ割に合わない」と言い続けた。周囲は笑っていたが、颯斗は本気だ。フグが無理ならウナギか、せめて高級焼き肉は奢らせる気でいる。半日も理不尽に怒鳴り続けられたことを思えばそれでもまだ足りなかった。

一日の仕事を終えてパソコンを落とした颯斗は、帰り支度を整えながらスマートフォンで会社周辺の飲食店をチェックする。この店は安い、この店も今ひとつ、と真剣な顔で吟味(ぎんみ)していたら、後ろから肩を叩かれた。

「今から料亭にでも行くのか？　豪勢(ごうせい)だな」

声をかけてきたのはカバンを持った入江だ。颯斗もカバンを掴んで立ち上がり、違うよ、と苦笑した。

「来週、松本が復帰したら奢らせる店を探してるんだ。こんな店一人で行くわけないだろ」

「じゃあ、今夜は特に予定もないのか?」

「ああ、帰りにラーメンでも食って帰ろうとは思ってるけど」

颯斗とともにオフィスを出た入江は、駅に向かいながら思いがけない提案をしてきた。

「だったら、うちで軽く飲まないか?」

驚いて歩調が乱れた。入江を見上げ、「お前の家?」と裏返った声を出す。

「入江って自宅暮らしだっけ?」

「いや、ひとり暮らし」

「でも、妹さんと一緒にゲームやったり、昨日だってキャラメルの箱を見せるとか言ってなかったか?」

「実家はアパートから電車で一時間くらいだから、月に何度かは帰ってる」

聞けば入江のアパートと颯斗のアパートは同じ沿線にあるらしく、距離もさほど離れていない。

駅までの道を歩きながら、入江はちらりと颯斗を見下ろした。

「推しのＤＶＤ、見せるって約束だろう」

そう言ってすぐ目を逸らす。少しだけ気恥ずかしそうなその顔を見たら、夕暮れの公園で交わした会話が一瞬で蘇った。見たい、と夢現に告げた言葉はきちんと入江に届いていたようで、颯斗は満面の笑みで「行く！」と応じた。

入江のアパートの最寄り駅で降り、駅前にあるスーパーで買い物をしてから部屋に向かった。

「ずいぶんたくさん買い込んじゃったな」

両手に総菜（そうざい）とビールの入ったビニール袋を持って、颯斗は弾（はず）んだ口調で言う。隣を歩く入江も同じように両手で荷物を持っていて、そうだな、と苦笑している。

同僚の自宅に招かれるなんて初めてで、妙に浮かれてしまった。誰かの家に遊びに行くこと自体学生の頃以来かも知れない。夜道を歩いているだけなのに、もう楽しくて口元が緩む。

到着したアパートはこぢんまりとした二階建てで、入江の部屋は二階の角部屋だった。

玄関を開け、右手に台所、左手に風呂とトイレのドアが並んだ廊下を歩けば、その奥が寝室兼居間だ。１Kの颯斗のアパートと間取りも広さもそう違いはない。

アイドリのゲームグッズが林立する部屋をひそかに予想していたが、目につく場所にグッズの類（たぐい）はなかった。室内はよく片付いていて、むしろ物は少ない印象だ。ベッドとテレビ、ローテーブルくらいしかない。

入江はテーブルの上にビールと総菜を並べると、早速テレビをつけてＤＶＤを再生し始めた。颯斗もローテーブルの前に腰を下ろしてテレビを眺める。アイドリのアニメでも始まるのかと思ったら、流れ出したのは実写映像だ。

「推しってもしかして、メルトシャワーの方か？」

「そうだ。ほら、今映ったのが日比谷健」

入江が身を乗り出して画面を指さす。

コンサート開始直前の楽屋の様子を映したのか、日比谷健はTシャツにジーンズというラフな格好で、他のメンバーと一緒に振り付けの最終確認をしていた。軽やかにターンして笑う顔にはどことなく幼さが漂う。

ふっと画面が暗転して、闇の奥から津波のような音が響いてきた。波音ではなく、コンサートホールに詰めかけたファンの歓声だ。

突如まぶしい閃光が画面を貫く。暗い舞台に一筋落ちた光の中心に立っていたのは、楽屋での気安い笑みを消し去った日比谷健だ。

まっすぐにカメラを見据える瞳は鋭い。覚えず目を奪われた。

「……日比谷健ってこんな顔してたっけ」

最近バラエティ番組でもよく見かけるが、もっと人懐っこい笑顔を浮かべているイメージがあった。

「こうして見ると、すごい顔整ってるな」

素直にそう告げれば、入江に缶ビールを手渡された。その顔は「そうだろう」とでも言いたげで、なんだか身内の自慢でもされている気分になる。

二人してビールを開け、しばしメルトシャワーのＤＶＤを鑑賞した。入江は日比谷健だけでなく、総勢七名いる他のメンバーもフルネームで覚えていて、それぞれの特徴も交えて簡単にメンバーの説明をしてくれる。

途中、入江のスマートフォンにタケルからメールが来た。「大忙しだな」とからかってやったが、入江はまんざらでもない顔で笑うばかりだ。

たまにアイドリをプレイしつつＤＶＤを見る入江の横顔は真剣で、颯斗は総菜をつまみつつ尋ねる。

「実際メルトシャワーのコンサートに行ったこととかあるのか？」

「ある。妹がメルトシャワーのファンクラブに入ってるんだ。だからその付き添いで」

「とか言いつつ、おまえ自身ファンなんだろ？」

でなければＤＶＤまで持っているはずがない。

熱心に画面を見詰めていた入江はこちらを見て、少しだけ照れたような顔で笑った。

「否定はしない。最初は確かに妹に付き合ってただけなんだが、何度もコンサートを見ていたら、だんだんと……」

「そんなに何度も見に行ったのかよ」

テレビの中で歓声が上がる。つられてそちらに目をやれば、曲を歌い終えたメンバーがステージの中央に集まって何やらお喋(しゃべ)りを始めていた。

激しいダンスをしながら歌うので、誰も彼も汗だくだ。日比谷健も顎を滴る汗を肩で拭って、歌いだしの真剣な顔が嘘みたいに屈託なく笑っている。

メンバー全員が十代のような顔をしているせいか、眺めていると文化祭のステージを思い出した。懐かしさの向こうから当時の熱気が押し寄せてきて颯斗は目を細める。

気がつけば、入江も同じような顔で画面を見ていた。

「佐伯の言う通り、俺もファンだな。ステージの上であれほどきらきらしてる人間、目を奪われずにいられないだろう」

「確かに、そうだなぁ」

颯斗は素直に肯定する。メンバー全員の仲が良さそうなのも見ていて微笑ましい。

そのあとも買い込んだ総菜をつまみに、「この衣装凝ってるな」「今のジャンプやばい」などと好き勝手言いながらDVDを鑑賞した。

ときどき日比谷健がアップになると、入江は無意識のように身を乗り出す。もう何度も同じDVDを見ているだろうに。

夢中で画面を見詰める入江を見ていたら、こちらまで口元が緩んだ。

「お前、本当に日比谷健のファンなんだな」

入江は我に返ったような顔で身を引くと、ビールを一口含んでちらりと颯斗を見る。窺うような視線に「なんだよ?」と返せば、ぎこちなく目を逸らされた。

「男なのに、男性アイドルのファンをやってるなんておかしいか？」

「え、別に」

「そうか？　妹とその友達からはゲイだと思われてるんだが」

危うくビールを噴きそうになった。若干こぼれて口元を濡らしたビールを慌てて拭う。

「そ、そうなのか？　じゃあ、これまで彼女とかは？」

「何人かいたが、あまり長くは続かなかったな」

「でも、いたはいたのか」

そうだろうな、とは思う。入江は観葉植物の後ろに佇んでいると木と同化してしまうくらい地味なくせに、実は顔立ちが整っている。目も鼻も出しゃばったところがなくて、形のいい輪郭に配置よく収まっている塩梅だ。上背があってスタイルもいいので、見る目のある女なら放っておかないだろう。

メンチカツを綺麗な箸使いで食べる入江を眺め、颯斗はもう一口ビールを飲んだ。

「男性アイドルにときめく？」

入江は黙々とメンチカツを咀嚼して、口の中のものを飲み込んでから頷いた。

「ステージの上の笑顔を見ると、ときめくな」

ときめくと言いつつ、目を伏せて箸の先でメンチカツを切る入江の顔は冷静だ。本気で恋をしているような熱気は感じない。

ゲイじゃないんじゃないか、と言おうとしたら、ふいに入江がこちらを見た。すでに口を開きかけていた颯斗は、中途半端に口を開けてその顔を見返す。

入江はしばらく無言で颯斗を見て、また視線を落とした。

「……ただのファン、だと思ってたんだが、最近妙に、可愛いと思うときがある」

入江はテーブルの一角を見詰め、「これはなんだろう」と呟く。

テレビの中では次の曲が始まっていて、日比谷健がセンターでマイクを握っていた。そのはじけるような笑顔を眺め、そうだなぁ、と颯斗も目を細める。

「まあ、可愛いっちゃ可愛いよな。女の子みたいな可愛さとは違うけど、親戚にこんな子がいたらお年玉は奮発したくなる」

屈託のない笑みを浮かべた日比谷健が、右手で銃の形を作り、カメラに向かって『ばん』と言う。あざとく見せずにこの仕草ができるなんて、なかなかあっぱれだ。

「それに、今回初めてまともにメルトシャワーの歌を聞いたんだけど、この子たち抜群に歌が上手いな。実はちょっと偏見あったんだよ、アイドルって。でもオープニングで流れてた曲、すごくよかった。追っかける気持ちもわかる」

「そうか?」

それまでの難しい表情から一転、入江は嬉しげに目元をほころばせる。それを見て、颯斗は声を立てて笑った。

「やっぱりお前、ただのファンだよ。男が男のアイドルのファンやっててもいいじゃん。細かいこと気にするなって」

一頻り笑い、颯斗は甘いたれの絡む肉団子を頬張った。

ローテーブルの上はスーパーで買ってきた総菜で一杯だ。適当に片づけていくかと残り少なくなったフライドポテトをつまんでいると、口元に笑みを浮かべた入江と目が合った。さっきまで料理もろくに見ないでテレビに釘付けだったのに、今は颯斗を一心に見詰めて動かない。缶ビール一本で酔いが回ったわけでもないだろうに、入江はとろりと目を細めてこんなことを言った。

「佐伯は日比谷健に似てるな」

会社では見せない柔らかな表情にどきりとして、わずかに返事が遅れた。

「いや、改めて見るとあんまり似てないだろ。あそこまでイケメンじゃない。ほら」

おどけて前髪をかき上げると、入江の目元に浮かんだ笑みが深くなった。

「顔だけじゃなくて、ステージの上でファンの期待に必死で応えようとしてるところとか、その裏で黙々と努力してるところが」

「な、なんだよ、俺は別に努力なんて……」

急に何を言い出すつもりだとうろたえて新しいビールの栓を開ける。酒を呷る颯斗を眺め、入江は穏やかな声で言った。

「昨日の納入ミス、先方に謝罪に行きながら新しい仕事をとってきたんだって？　部長がびっくりしてたぞ。もともとお前の担当じゃなかったし、相手はかんかんに怒ってたはずなのにって。かなり頑張ったんじゃないか？」

褒められて、缶を持つ手がそわそわと落ち着かなくなる。それをごまかすべく、颯斗は明るい声で返した。

「転んでもただでは起きないのは営業の常識だからな！」

入江は柔らかな声を立てて笑い、常識ではないだろ、と言った。

「お前でなかったらきっとそんな芸当できなかったよ。自分のミスでもないのに頭ごなしに怒られたんだから嫌な気分にもなっただろ。現場の雰囲気も最悪だったろうに、それでもちゃんと気分を立て直して次の仕事につなげられるなんてすごいな」

颯斗はテーブルに戻しかけた缶を宙に浮かせた状態で動きを止める。

これまで颯斗は、どれほど困難な状況に陥っても周りにそうと悟らせぬよう振舞ってきた。周囲もすっかりそれを信じて、誰も颯斗の苦労には気づかないはずだったのに。

入江は見ている。颯斗が笑顔の裏に隠したものに気づいて、こうして労ってくれる。

呑み込んできた愚痴や弱音が逆流しそうになって、とっさに片手で口元を覆った。

いつもだったら、「そうだろう、すごいだろう」と茶化して終わるところだ。でも今は声が出ない。だから目元だけで笑ってみたが、入江が変わらず温かな眼差しを向けてくるものだから、取り繕った表情が崩れてしまう。

颯斗は宙で止めていた缶をテーブルに戻すと、少し迷ってから口元を覆う手を下ろした。

軽口の代わりに唇から漏れたのは、弱い溜息だ。

「……正直言うと、現場に向かう最中から足が震えてた。電話口でもさんざん怒鳴られたから。嫌だなぁって」

颯斗が弱音を吐いても、入江は意外そうな顔をしない。それどころか「そうだろうな」と苦笑を浮かべる。

「同じ立場だったら俺だって嫌だし、逃げたくなったと思う。文句ひとつ言わずによく行ったよ。偉いもんだ」

颯斗は上手く返事ができない。周囲から期待されやすい颯斗は何をするにも「できて当然」と思われることが多く、だからこんなふうに言葉を尽くして褒められることに慣れていない。どんな反応をすればいいのかわからなくなって、テーブルに戻したばかりのビールを手に取る。

「なんか、そんなに褒められたことないから、照れる」

「そうか？　佐伯は褒められるのなんて日常茶飯事かと思った。出来がいいから親にも溺愛されたタイプだろう」

「どうかな、うち、母子家庭だったたし」

ぽろりと口から漏れた言葉に自分で驚いた。こんな話、滅多に他言してこなかったのに。期せずして個人的なことを喋ってしまい、焦って口が空回る。

「いや、別に親にないがしろにされてたわけじゃないんだけど、ほら、母親ひとりで俺を育てて仕事して、忙しかったから」

こんな話をしたら気まずい顔をされてしまうのではと恐る恐る入江の表情を窺ったが、入江は普段と変わらぬ顔で相槌(あいづち)を打っただけだ。窓際の観葉植物じみた静けさで、日差しに透ける葉が風にそよぐように頷く。

颯斗はその静かな表情に束(つか)の間(ま)目を奪われてから、俯きがちにビールを飲んだ。促(うなが)されたわけでもないのにするすると言葉が続く。

「うちの母親、暇さえあれば働いてたから。テストの答案見るのも、成績表見るのも、朝の慌ただしい時間とか夜勤に出かける直前とかで、あんまりゆっくり話をする時間がなかったんだ」

そのことに不満があったわけではない。母が自分の進学のため必死で働いていたのは痛いほどわかっていた。交わす言葉は少なくとも、笑顔で頭を撫でてもらえれば嬉しかったし、満足もしていた。そのつもりだった。

「……でも、嬉しいもんだな、言葉にしてもらえるって」

頑張ったな。大変だったな。偉いな。

現場での颯斗の心境をなぞるような言葉に心が緩む。そうなんだ、頑張ったんだ、大変だったんだ、偉かっただろうと、子供みたいに胸を張りたくなって、自分で笑った。

うっかりすると声が上ずってしまいそうで、颯斗はわざとおどけて「やめろよー」と声を高くした。

「あんまり優しくされると泣いちゃうだろ」

笑いながらぐいぐいとビールを呷る。実際少し酔っていた。外で飲むより家で飲む方がリラックスできる分、酔いやすい。

入江も「泣かれると困る」と笑いながらビールを開ける。ふと見ると、手元に置かれたスマートフォンの通知ランプが点滅していた。

「それ、タケルからメール来てるんじゃないか？」

入江もスマートフォンを見たものの、うん、と言っただけで手に取ろうとはしない。

「いいのか、放っておいて」

「いいよ、今は佐伯の話を聞いてるから」

笑いながらそんなことを言う。いつもは颯斗が一緒にいてもメールにはすぐ返信していたし、画面越しにタケルを構うのに忙しそうだったのに。

優先順位を上げてもらえたようでくすぐったくて、颯斗は小さなローテーブルの斜向かいに座る入江に体当たりするように肩をぶつけた。

「いいよ、ちゃんと返事しろよ。ほら、アプリ開けって」

「うわ、こら、ビールがこぼれる。やめろ、わかったから」

スマートフォンを手に取った入江がアプリを開く。画面に現れたタケルを見て、あれ、と颯斗は身を乗り出した。

「なんか、前に見たときと服が違わないか？」

居酒屋でちらりと見たときはジーンズにシャツという格好だったのに、画面の中のタケルは黒革のライダースジャケットなんて着ている。時間経過によって着るものが変わるのかとも思ったが、ミサキの服装が変わった記憶はない。

首を傾げていると、入江がさらりと「服をプレゼントしたんだ」と言った。

「このゲームそんな機能あったのか」

「ある程度親密度が上がらないと解放されない機能だ」

「プレゼントで好感度とか上がった？」

体当たりした格好のまま、颯斗は入江にもたれて尋ねる。そんな颯斗を好きにさせ、入江は若干（じゃっかん）暗い表情で首を横に振った。

「むしろ下がった好感度を戻すためにプレゼントをしたんだ。仕事中にメールが来て、一切反応できなかったらへそを曲げられた。それで何かプレゼントを、と思ったんだが、最初に贈ったものは受け取ってもらえなかった」

「何贈ったんだよ」

「指輪」

「それは重い」

　颯斗は遠慮なく声を立てて笑う。

「攻略サイトとか見ればいいのに」

「相手の反応も見ずに答えだけ知ろうとするのは誠実じゃないだろ」

　相手はゲームのキャラクターだというのに、入江はどこまでも真面目だ。

　颯斗は入江に半身を預けたまま、画面上のタケルを指先でつついた。

「いいな、こいつはたっぷり愛されてて。俺もこんなふうに恋人に構ってもらいたいよ。俺の付き合う相手って皆さばさばさば系で……」

「さばさば系？」

「自立心の強い有能な人ばっかり」

　思い返せば、颯斗の恋人は仕事に没頭（ぼっとう）するタイプが多かった。初めて付き合った彼女は大学の同期だったが、彼女も研究にのめり込んで院に進学した。院試で忙しいだろうと連絡を控えていたら、最後はそのまま自然消滅だ。

　社会人になってから付き合う相手も、社長秘書だの建築士だの看護師だの、とにかく仕事が忙しい相手が多かった。だからなるべく相手の負担にならないようサポートに回っていたつもりが、最後は「もっと大きな仕事がしたい」と別れを切り出されるか、「貴方（あなた）より私を大切にしてくれる人がいるから」と他の男に奪われるかのどちらかだ。

「最近連絡ないなぁ、とか思ってるうちに疎遠になってるんだよな」

「だったら自分から連絡を入れたらいいんじゃないか？　忙しい相手でも電話をとるくらいできるだろう」

「声なんて聞いたら会いたくなる」

口にしてから、なんだか恥ずかしいことを言ってしまったと気づいてビールを呷った。入江はそれを笑いこそしなかったが、意外そうな顔は隠せていない。

「案外べったり系なのか」

「うん、好きな相手とは四六時中一緒にいたい」

「それこそ相手に言えばいいだろう」

「言えない。相手も忙しいから」

何しろ颯斗は、忙しい女性の代表格のような母親に育てられている。明け方に帰宅するなり化粧も落とさず布団に倒れ込む母を見てきただけに、多忙な相手に構ってくれなんて言えなかった。上手く甘えられないのは子供の頃からだ。

喋る合間にビールを飲めば、あっという間に二本目も空になった。まだ酔うような量ではないはずだが、急にピッチを速めたせいか瞼が重くなってくる。

入江も二本目のビールを飲み干して、新しい缶を開ける。自分で飲むのかと思いきや無言で颯斗に渡してくるので、大人しく受け取ってごくごくと喉に流した。

テレビからはしっとりとしたバラードが流れてくる。アイドルもこういう歌を歌うんだな、なんてぼんやり眺めていたら、入江が急にこちらの顔を覗き込んできた。

「上手く甘えられないなら、俺が甘やかしてやろうか」

颯斗は緩慢に顔を上げ、眩しいものを見たときのように目を細める。視線の先では、目元を赤くした入江が楽しそうに笑っていた。

さては入江も酔っているな、と理解して、颯斗はにやりと唇の端を持ち上げた。悪乗りして「どうやって?」と尋ねれば、入江が前触れもなく颯斗の頭を撫でてきた。髪が乱れるくらいに手荒に撫で回され、大型犬にでもなった気分になる。

「ばか、やめろ、ビールが」

「こぼしたら拭けばいい。気にするな」

大きな手で頭を撫でられ、ふふ、と唇から笑みがこぼれた。悪くない。気持ちがいい。だんだん楽しくなってきて、ビールをテーブルに置いてもう一度入江に体当たりした。

「甘やかしてくれんのか」

「ご要望とあらば」

「じゃあ、さっきみたいに褒め倒してくれ」

笑いながらねだれば、入江も、いいよ、と笑いを含ませた声で言う。

「佐伯はどんなに感じの悪い相手を前にしても笑顔を崩さないからすごいな。俺だったら椅子を蹴り上げて席を立つような相手だって最後まで笑顔で応対する。とんでもない精神力だ。尊敬に値する」

「お前が椅子を蹴るほどひどい相手なんてそうそういないだろ？」

「水曜日にうちに来たハウスメーカーの代理店のおっさん」

「あれは確かにひどかったけど」

「お前でなければ応対できなかった。あんな理不尽な相手に百点満点の笑顔を向けられるんだから営業の鑑だ。プロのアイドルだってあれほど完璧なファンサできないぞ」

「ははっ！　そうだろう、さすが俺」

「そうだな、さすが佐伯だ。自分の感情をきちんとコントロールできて偉いよ」

長い指で髪を梳かれてうっとりと目を閉じた。武骨な指の感触と、心地よい酩酊感を存分に味わい、入江の肩にぐりぐりと頭を押しつける。

「もっと甘やかしてくれ」

「いいよ、どうしてほしい？」

「もっと近くに来てほしい」

「これでいいか」

テーブルの斜向かいにいた入江が隣に移動して、颯斗の肩を抱き寄せてきた。

颯斗は喉の奥で笑って広い胸にもたれる。こうすると自分で体を支える必要がなくなって楽だ。ぐらつけば入江が抱き寄せてバランスをとってくれる。

だんだん眠くなってきて、半分冗談で「入江、膝枕して」と言ってみたら「いいよ」と即答されてまた笑ってしまった。

「どこまで甘やかすつもりだよ！」

「いいよ、どこまでも甘やかしてやる」

颯斗の肩を抱いたまま、ほら、と入江が自身の膝を叩く。本気か、と思ったら笑いが止まらなくなった。

思ったよりも酔っていたのだろうか。あるいは長年ぼんやりと抱(かか)えていた『甘えたい』という欲求を思いがけず昇華できてテンションが上がっていたのかもしれない。どこまで入江が許してくれるのか確かめたくなってきて、颯斗は入江の胸にもたれたまま体重をかけて入江を押し倒す。

抵抗せず背中から床に倒れ込んだ入江に寄り添い、その胸に顔を押し付ける。

さすがに嫌がられるかと思ったが、入江は平然とした声で「膝枕じゃなくていいのか？」などと尋ねてきた。

「いい、こっちの方があったかいから」

「そうか。じゃあこのままでいいよ」

ごく自然な仕草で抱き寄せられて、ふふふ、と颯斗は忍び笑いを漏らした。

「何やってんだよ、男同士で」

「何って、甘やかしてるんだ」

「真顔で言うなよ。実はお前も酔ってるだろ」

「佐伯ほどじゃない」

そんなことを言いながら、入江は場違いなくらい優しく笑って颯斗の後ろ頭を撫でる。

颯斗はくふくふと笑って、やっぱり酔ってるじゃないかと入江の胸に顔を押しつけた。

入江のワイシャツからは一日の仕事を終えたくたびれた匂いと、薄くビールの匂いがした。妙に安心する匂いだ。軽く背中を叩かれると、とろりと瞼が重くなる。

（甘やかされるって、こういう感じか）

我儘を言うことが許されて、無茶な要望も通ってしまう。とても安全な場所にいる気分になって、ふわりと意識が浮遊した。

遠ざかる意識の向こうで歓声が上がった。ＤＶＤはまだ続いているらしい。アンコール曲が流れる。明るい恋の歌だ。

――どうしてこんなに君が気になるんだろう、もっと話がしたいよ、近づきたい。僕のことだけ見てほしいんだ。

明るいメロディーに反し、案外歌詞が切実だ。

もう少し聞いていたいと思った。けれど背中を叩く入江の手が心地よくて意識がもたない。

結局サビに至る前に颯斗の意識は途切れ、深い眠りに落ちてしまったのだった。


週明け、出社した颯斗はオフィスに入るや「佐伯、ごめん！」と声をかけられた。

声の主は松本で、足に大仰なサポーターをつけ、松葉杖までついている。骨折ではなく捻挫と聞いていたが、かなりひどい怪我ではあったらしい。

「俺のミス、お前がフォローしてくれたんだろ！　マジでごめん、ありがとう！」

杖をつき、難儀しながら近づいてきた松本に、颯斗はわざとしかめっ面を作る。

「感謝しろよ。半日もあそこの担当者の愚痴に付き合わされたんだからな」

「本当に悪かった……！」

「ふぐ刺しでチャラにしてやる」

「せ、せめてウナギで勘弁してくれ」

松本は胸の前で片手を立ててぺこぺこと頭を下げる。これ以上いじめても仕方ないかと「じゃあウナギな」と颯斗も表情を緩めた。

ほっとした顔をした松本が、颯斗の背後に目をやって「あ、入江」と呟く。

びくっと颯斗の肩が跳ねた。露骨に表情も強張ったが、松本はそれに気づかず颯斗の背後を見たまま言う。

「入江、今日は一日外出なんだな。あいつにも急な引き継ぎしてもらったから一緒に何かおごろうと思ってたのに」

恐る恐る振り返れば、背後の壁に掛けられたホワイトボードが目に入った。各人の行動予定が書かれたボードには、入江の名前の横に『直行直帰』の文字がある。

人知れず胸を撫で下ろした。今入江と顔を合わせたら、自分でもどんな反応をしてしまうかわからない。

自席につき、颯斗はがしがしと乱暴に後ろ頭を掻く。

仕事帰りに入江の部屋で飲んだのは先週の金曜日だ。メルトシャワーのＤＶＤを見ながらしこたま飲んで、そのまま寝落ちして入江の部屋に一泊した。

それだけ聞くとどういうこともないのだが、実態はどうだろう。颯斗は入江に「褒めろ」「甘やかせ」とさんざん要求した上に、最後は入江に抱きついて眠りに落ちた。

明け方、目を覚ました颯斗はベッドにいた。入江が運んでくれたのか、寝ぼけて自分で上がったのかは知らない。ベッドには颯斗だけでなく入江もいて、眠りに落ちる直前と同様、互いに抱きしめ合ったままだった。

その光景を思い出し、颯斗は髪を掻きむしる。

（……おかしくないか？　いや、絶対おかしいよな!?）

酔っていたとはいえ同僚に抱きついて眠りに落ちた自分もおかしければ、なんの疑問も持たず抱き返してきた入江もおかしい。

挙句、明け方に一度目を覚ました颯斗は、間近にある入江の顔を見て飛び起きるどころか、二度寝を決め込んでしまった。両腕は入江の背中に回したまま。あんなに気持ちのいい二度寝はなかった。

次に目を覚ましたのは日も高くなる頃だ。颯斗を揺り起こした入江はもうベッドを降りていて、互いに抱き合って眠っていたことなどなかったような顔で「何か食うか？」と言った。

寝ぼけ頭で入江と朝食を食べてアパートを後にした颯斗は、帰路につきながらじわじわと危機感を覚えた。同性の入江と抱き合って眠ったことに違和感も嫌悪感も抱かないのは大問題ではなかろうか。

颯斗はちらりと入江の席に目を向ける。

入江はあの日のことをどう思っているのだろう。学生時代の延長じみた気分でじゃれ合って雑魚寝をしただけで、颯斗のように危機感なんて覚えていないだろうか。深刻に悩んでいる自分がおかしいのか。

こんな調子で、休みの間はずっと入江のことが頭から離れなかった。今日もどんな顔で入江に挨拶をしようか朝から悩んでいたのだが、終日外出とは。ほっとした反面、問題が先延ばしにされたような気分にもなる。

颯斗は重たい溜息をつき、今は誰も座っていない入江の席から目を逸らした。

できれば早めに入江と顔を合わせ、冗談のように軽い調子で「金曜は世話になったな」なんて声をかけようと考えていたが、こういう時に限ってタイミングが合わないものだ。

月曜は入江が終日外出で、火曜は逆に颯斗が外出先から戻れず、水曜は午前中に颯斗が、午後に入江が外出と、まるで仕組まれたようにすれ違いが続いている。

入江とろくに話ができないまま週も半ばを過ぎ、いっそこのまま金曜のことはうやむやにしてしまおうかと思い始めた木曜の夕方。デスクワークをこなし、コーヒーでも淹れようと給湯室へ向かった颯斗は、突如廊下に響き渡った『アイドルドリーム！』という声に足を止めた。

続けて賑やかな音楽が廊下に響いたがすぐに途切れ、辺りに再び静寂が戻る。

あの旋律はアイドリのオープニング曲だ。給湯室の方から聞こえた。入江か、と思ったら心拍数が上昇する。

躊躇したのは一瞬で、颯斗は大きく足を踏み出して給湯室へ向かった。

まだ入江の前でどんな顔をすればいいのか決めていない。それなのに、入江がいるかもしれないと思ったら速足になった。

給湯室に飛び込むと、中にいた人物がぎくりとした顔で振り返った。だが、そこにいたのは入江ではなく、花村という入社二年目の女子社員だ。

花村は慌てた様子でスマートフォンを胸に押し付け颯斗に頭を下げた。

「す、すみません、仕事中に……！」

「……いや、別に全然、謝らなくていいよ」

颯斗はとっさに笑みを作ったが、自分の声に覇気がないことに気づいて頭を抱えたくなった。

相手が入江でなかったことに落胆している事実を認めたくなくて、颯斗はことさら明るい声を出した。

「俺もたまに給湯室で携帯見てるから。さっきのアイドリでしょ？　俺もやってる」

「えっ、佐伯さんが？　アイドリを？」

花村は驚いた顔で胸からスマートフォンを離す。ちらりと見えた画面に映っていたのは、入江の推しキャラであるタケルだ。

「そのキャラ、指輪プレゼントしても受け取ってくれないでしょ」

「そ、そうなんです！　そんなこと知ってるなんて、もしかして佐伯さんも『For W』やってるんですか？　入江さんみたいに」

ふいに入江の名が出てきて、不自然に声を詰まらせてしまった。

「……入江が『For W』やってること、知ってるの？」

はい、と花村は屈託なく笑う。

「私、お昼休みによくゲームしてるんですけど、たまたま入江さんにプレイ画面を見られちゃって、それで声をかけられたんです」

「へえ……」

「妹さんに勧められて始めたって言ってましたけど、入江さん自身もかなりやり込んでますよね」

くすくすと笑う花村と一緒になって笑ったものの、頬が強張るのが自分でもわかった。てっきり入江は、アイドリをプレイしていることを周囲に隠しているのだと思っていた。そのために週末の飲み会も断っていたのではなかったのか。

(知ってるの、俺だけじゃなかったのか……)

そんなことにショックを受けているなどと悟られぬよう、颯斗は何食わぬ顔でコーヒーを淹れて花村の横顔を窺いみる。

花村は、たびたび入江とゲーム情報を交換しているのだろうか。話の流れで、入江がアイドリのタケルだけでなく、そのモデルになった日比谷健のファンであることも知っているのか。DVDを持っていることは？　実際コンサートにだって行っていることは。

自分は知っている、と思い、ひどく子供じみたことを考えていることに気づいて恥ずかしくなった。知っていたからなんだ。入江と一番親しいのは自分だとでも主張したいのか。

「……じゃあ、お先に」

花村に声をかけてから給湯室を出ようとして、直前で足を止めた。

入江がメルトシャワーのファンだって知ってる？　と尋ねようか迷い、結局何も言わず給湯室を後にする。だって花村にあっさりと「知ってますよ」なんて言われてしまったら――。想像しただけで入江と過ごしたときのわくわくした気分がしぼんでしまいそうで、颯斗は足早にその場を離れた。

その日の夜、颯斗は松本に誘われてウナギを食べにいくことになった。

歩道橋から転げ落ちてからすでに一週間近く過ぎ、松本はようやく松葉杖なしで歩けるようになっていた。とはいえまだ少し片足を引きずりつつ店へ向かう。

駅前のウナギ屋はカウンター席とテーブル席が三つあるだけの狭い店だ。うな重は松・竹・梅とランクがある。テーブル席に案内された颯斗は遠慮なく松を選んで、すかさず日本酒も注文した。

「遠慮ねぇな！」

「それだけの仕事はしたつもりだ」

「そりゃまあ、そうだけど」

ついでにウナギの骨の唐揚(からあ)げや肝(きも)の串焼きも注文すれば、松本も自棄(やけ)になったように日本酒を注文した。さすがに全額おごってもらう気はないんだが、と思いつつ、運ばれてきた日本酒で乾杯をする。

コップを傾け、そういえばさ、と松本がテーブルに身を乗り出してきた。

「営業事務の花村さんいるじゃん。彼女、最近入江といい雰囲気なんだって？」

予想外の言葉に、口に含んだ日本酒を噴きそうになった。ごくりと喉を鳴らして無理やり飲み込めば、空きっ腹に日本酒が沁み込んで腹の底から熱くなる。

「……そうなのか？」

「ああ、なんかゲームの話で盛り上がってるらしい。花村さん美人だからどうやって距離を詰めようかって皆そわそわしてたんだけど、入江のやつ上手いことやったよなぁ」

早速運ばれてきたウナギの骨の唐揚げに手を伸ばしながら、でもなぁ、と松本は首を傾げた。

「入江ってあんまりゲームとかやってるイメージなかったんだけど。もしかして、花村さんに声をかける口実に始めたとか？」

「まさか」

とっさに否定の言葉が口を衝いて出た。思ったよりも鋭い響きになってしまい、颯斗はごまかすようにウナギの骨を口に放り込む。

「入江はそんなくだらないこと考えないだろ。あいつは本当にゲームが好きなだけで」

「そうか？　俺入江がゲームしてるところ見たことないけど」

確かに、颯斗もつい最近まで入江がアイドリをプレイしていることを知らなかったし、他のゲームをやっているところを見たこともない。

それに入江はゲームをしていることを周囲に隠していたようなのに、花村にだけ自ら声をかけたのはなぜだろう。

「やっぱり花村さん狙いだったんじゃないか？　花村さんも入江に気があるのかもな」

悪気なく繰り返す松本を睨み、颯斗はがりがりとウナギの骨を噛んだ。

「違うだろ。それにあのゲームだったら俺もやってるし、今日だって花村さんとゲームの話で盛り上がったし」

「ん？　何不機嫌になってんだ？」

颯斗は黙って日本酒を飲む。

松本が不思議そうな顔をするのはもっともだ。不機嫌になる理由なんてないはずなのに、なんだか胸のあたりがもやもやする。

眉根を寄せて酒を飲んでいると、急に松本がにやにやと笑い始めた。

「もしかして、お前も花村さん狙いだったりする？」

「は？　なんだ、それ」

「三角関係ってやつか。職場の同僚と意中の相手を取り合うって、なんかドラマみたいだな」

違う、と否定したところで肝の串焼きが運ばれてきた。松本は早々に串を手に取ると、おかしそうに笑って颯斗の顔を覗き込む。

「だってお前、わかりやすく『面白くない』って顔してるぞ？」

「それは」

「花村さんがとられそうで悔しいんだろ?」

そっちじゃない、と口走りそうになって、寸前で唇を引き結んだ。腹の底から突き上げてきた言葉に自分でも戸惑う。

別に花村が誰といい雰囲気になろうと構わない。でも、入江が誰かの気を惹くためにアイドリをやっていると思うと胸にしこりのようなものが残った。

メルトシャワーのＤＶＤを熱心に鑑賞していた横顔や、曲を褒められて嬉しそうに笑ったあの顔が演技だったとは思えない。入江の純粋な好意をけなされたようで腹が立つ。

(それだけだ……よな?)

それだけだ。それ以外に何がある。

颯斗は自分にそう言い聞かせ、メインのうな重が運ばれてくる前にコップの日本酒を飲み干したのだった。


松本とウナギを食べた颯斗は、酒とつまみの代金だけ払ってアパートへ帰った。

さほど飲んだつもりはなかったが、うな重が来る前に飲んだ日本酒が案外効いたようで、帰るなりスーツのままベッドに倒れ込む。

ジャケットの内ポケットからスマートフォンを取り出すと、ミサキからメールが届いていた。

気まぐれにゲームにログインしてミサキへ返信した颯斗は、続けてメッセージアプリを立ち上げ入江にメッセージを送る。

『アイドリやってる？』

送信ボタンを押してから、こんなことを訊いてどうしたいんだと苦笑した。

ごろりと寝返りを打ち、やってるに決まってるじゃないか、と胸の内で呟く。自分と一緒にいるときも、入江は画面をタップしてタケルを構っていた。女の子を落とす口実のためだけにプレイしていたとは思えない。

入江からの返信を待ちながら、スマートフォンでアイドリの攻略サイトを検索してみた。入江が「誠実じゃない」と言って目もくれなかったサイトだ。

サイトにはキャラの攻略方法だけでなく、セリフの一覧も掲載されている。こういうものを先に見てしまうのも入江にとっては不誠実なことなのだろうな、と思いながら、颯斗はタケルのセリフをじっくり眺めた。

セリフを見るに、ゲームのタケルはかなり高飛車（たかびしゃ）な性格らしい。モデルとなった日比谷健はクレームをつけなかったのだろうかと思っていたら、ようやく入江から返信があった。

『今はしてない。何かあったか？』

いや、別に、と返そうとしたが、それでは会話が終わってしまう。実際のところ用件など何もなく、少し考えて、颯斗はこんなメッセージを送った。

『遅い。俺からのメールにはすぐ返事しろって言っただろ』

ベッドでうつ伏せになって送信ボタンを押す。入江は気づくだろうか。この文面は、アイドリのゲーム内でメールの返信が遅れたときにタケルが返してくるセリフだ。

間を置かず入江から返信があった。

『タケルのセリフ？』

さすがだ、と口元を緩ませる。颯斗が返事を打つ前に、続けざまにメッセージが届いた。

『悪かった、ちょっと手が離せなくて』

颯斗もすかさず返事を送る。

『俺より大事な用があったわけ？』

これもタケルのセリフだ。どんな反応があるだろうと待ち構えていたら、すぐに返事があった。

『お前より大事な用なんてないよ』

簡潔な言葉にドキリとする。思わず身を起こしかけたが、すぐに入江もゲーム内の選択肢を引用して返事をしてきたのだと気づいた。ゲーム内の主人公は女性キャラなので口調は違うが、似たような選択肢があったはずだ。

わかってもすぐには動揺が引かなかった。返信できないでいたら、立て続けに入江からメッセージが送られてくる。

『風呂に入ってたんだ。だから遅れた。ゲームは三択から返答を選ばなくちゃいけないからろくな言い訳もできないが、現実はちゃんと理由が説明できていいな』

　今度はちゃんと入江の言葉だ。ほっとしつつ、颯斗は引き続きタケルの言葉で返事をする。

『言い訳とか聞きたくないし』

『本当にゲームのセリフそのままだな。悪かった、なんの用だった？』

『用がなくちゃ連絡しちゃいけないわけ？』

　攻略サイトを見るに、タケルはツンデレタイプらしい。メールの返信が遅れたときはかなり面倒くさく絡（から）んでくる。

　さすがにこれ以上続けると嫌がられるか、と思ったところで着信が入った。入江からだ。

　颯斗はあたふたと起き上がりスマートフォンを耳に当てる。画面をタップすると、笑いを含んだ入江の声が耳元に届いた。

『悪かった、用なんてなくてもいいよ。どうした、暇潰（ひまつぶ）しか？』

　なんだか久々に入江の声を聞いた気がした。こうして会話をするのは、先週入江のアパートに泊まって以来だ。

　男同士で抱き合って眠ったのだから少しくらい気まずい雰囲気になるかと思いきや、入江の声は落ち着いている。そのことに、少しだけ肩透かしを食らった気分になった。

「まあ、暇潰し、みたいな」

らしい。

『そうか。もう夕飯食べたのか？』

「食べた。松本のおごりでウナギを」

『豪勢だな』

電話の向こうで入江が笑う。普段通りだ。あの夜のことなんて、入江は気にも留めていない

らしい。

こうなると、ここ数日ちらちらと入江の反応を窺っていた自分が馬鹿らしい。溜息をついて

背中からベッドに倒れ込んだら、少し間をおいてから入江が言った。

『佐伯、もしかして酔ってるか？』

「ん、まあ、少しは飲んだけど」

『酔って寂しくなった？』

笑い交じりの声は柔らかく、颯斗の心臓が大きく跳ねた。

「は、なんだ、それ」

『お前は酔うと甘えたになるから』

「き、急に蒸し返すなよ………！」

うろたえて、勢いよくベッドから身を起こした。あの夜のことについてはもう言及されるこ

ともないだろうと思っていたのに。

忘れてくれと言うべきか悩んでいたら、入江がとんでもないことを言った。

『甘やかしてほしくなったら、またうちに飲みに来たらいい』

前回の颯斗の振る舞いを諫めるどころか、促すような言い草に目を瞠る。

本気だろうか。いやまさか。

考える間も、颯斗の頭を撫でる入江の手の重さや、抱き寄せる腕の強さを思い出して心臓がリズムを崩した。

「……甘やかしてくれんのか？」

冗談だろう？　と笑い飛ばすつもりで口にした言葉は、予想外に甘ったれた響きを含んでいて自分で驚いた。とっさにごまかそうとして無理やり笑い声を立てる。

「いや、気持ち悪いな、今の。悪い、本当は結構飲んでて――」

『別に気持ち悪くない』

颯斗の言い訳を入江が柔らかく遮る。言葉は短いが、本気でそう思ってくれているのだろうと素直に信じられる声だった。

いいよ、と電話の向こうで両手を広げられたようで声が出なかった。入江が言う通り、酔って人恋しくなっているのかもしれない。

煩雑なことなど放りだして入江の胸に倒れ込みたくなった。大の男がもたれかかっても、入江がためらいなく抱き留めてくれることはもう知っている。

上手く返事ができないでいると、入江が不意に話題を変えてきた。

『ところで今度の土曜日暇か？　空いてたら、一緒に海に行かないか』

急に現実に引き戻された颯斗は目を瞬かせて、海、と呟く。

「なんで急に、海？」

『アイドリのイベントがある』

スマートフォンのＧＰＳ機能を使い、特定の位置情報を取得することでレアアイテムがもらえるイベントがあるらしい。いわゆるお出かけイベントというやつで、そこでしか見られないキャラクターたちとの会話もあるそうだ。

『タケルも海に行きたいって言ってるし』

まるで実在する人間を語るようにゲームキャラの話を持ち出され、相変わらずだと思ったら肩の力が抜けた。

しかし颯斗の勤める会社は当番制で土曜出勤がある。折り悪く次の土曜日は颯斗の出勤日だ。どうしたものかと思っていたら、入江にこんなことを言われた。

『海に行った後、うちに飲みに来ないか？』

断腸の思いで誘いを断ろうとしていた唇が固まった。入江の家で飲んで、前回のように甘やかしてもらえるかもしれないと思ったら期待で耳が熱くなる。

自分でもなぜこんな反応をしてしまうのかわからない。わかるのは、土曜日はもう絶対入江と出掛けるのだと心に決めていることだけだ。

颯斗は軽く息を整え、わかった、と応じる。

「海、行こう」

行きたい、と思った。海にではなく、入江の家に。そんなことを思ってしまう自分に当惑しながら、簡単に土曜日の予定を決めて電話を切る。

スマートフォンを放り投げ、颯斗は仰向けにベッドに倒れ込んだ。片手を目の上に載せ、深々と溜息をつく。

「……こんな反応、おかしくないか？」

誰にともなく尋ねてみたが答えてくれる人はいない。両手で顔を覆えば、頬が少し熱を持っていた。頬だけでなく、たぶん耳も。

やっぱりこんなのはおかしいと、颯斗はベッドの上を転げ回った。


約束の土曜日は松本に出勤を替わってもらった。最初は渋られたが、以前納入ミスをした福祉施設の担当を代わってやると申し出たらすんなり了解してくれた。ただでさえ高圧的な担当者だったのに納入ミスまでしてしまい、退院後も顔を合わせづらかったらしい。

入江とは新宿駅で待ち合わせをした。改札近くに立って人混みを眺めていると、頭ひとつ飛び出した長身の男がこちらに向かってくる。入江だ。片手を上げて大きく手を振れば、入江も軽く手を振り返してきた。

「おはよう」と声をかけると、入江は「もう十一時だぞ」と苦笑した。

ホームに向かいながら、颯斗は軽やかに笑う。

「土曜の午前中なんて朝のうちだ。いつもなら休みの日は午後まで寝てるんだから」

「そうか、もう少し遅い待ち合わせにした方がよかったか？」

「いいよ。浜辺のイベントショップは夕方には閉まるんだろ？」

ホームで電車を待ちながら、颯斗は横目で入江の姿を盗み見る。

入江は黒いTシャツにデニムというラフな格好だ。これまでスーツ姿ばかり見ていたので新鮮だな、などと思っていたら、入江もしげしげと颯斗の姿を眺めてきた。

颯斗は半袖のシャツにカーゴパンツを合わせている。海に行くのでパンツの裾は折って、足首が見える状態だ。

「な、なんだよ？」

どこかおかしかったかと一歩下がると、入江が軽く目を細めた。

「いや、会社のイメージとちょっと違ったから。似合ってるよ、タケルみたいで」

「た……っ、タケルかよ！」

内心ぎくりとしたものの、咳き込むように笑ってごまかした。タイミングよく電車がやってきて、ホームに流れ込む強い風が上擦った自分の声を吹き飛ばしてしまえばいいと思う。

入江に続いて電車に乗り込み、颯斗は人知れず冷や汗を拭う。

（焦ったた、バレたかと思った……）

実を言うと、今日の服はタケルの立ち絵を意識して選んでいた。出かける直前になって服を決められなくなったからだ。

デートの時だって服に迷ったことなんてなかったのに、今日に限ってあれこれ悩んでしまった。結果として入江の気を引くような真似をしてしまって気恥ずかしい。

（いや、気を引くってなんだ、同僚相手に）

入江の隣で颯斗は吊り革を握りしめる。七月に入り、海へ向かう休日の電車はなかなかの混雑具合だ。電車が揺れるたび入江と肩がぶつかって、どうしてか体が硬直した。

意識しすぎだ。自分でもそう思う。相手はただの同僚ではないか。しかも同性の。

意識するような相手ではない。

でも、入江の方はどうだろう。こちらを意識していたりしないだろうか。

入江に海に誘われてから今日まで、颯斗はひそかに悩んでいた。悩んだ末、こんな可能性に至った。

（もしかして、やっぱり入江はゲイなんじゃないか？）

一度は颯斗自ら否定したが、改めて考えるとありえないとは言い切れない。

入江自身、男性アイドルを追いかけている自分はゲイなのだろうかと疑問を呈していたし、アイドリでは男性キャラクターを落とそうとしている。

　そして何より、同性の颯斗に対して尋常でなく優しい。入江は妹がいるから他人を甘やかすことに抵抗がないのかもしれないが、それにしたってやりすぎだ。頭を撫でるくらいならまだしも、抱きしめて眠るなんて。しかも一度限りのやらかしではなく、颯斗さえ望めば同じことをするのも厭わない勢いだ。

（こんなのもう、友情以上の好意と捉えていいんじゃないか？）

　入江はゲイで、自分に気があるのかもしれない。

　そう思ったとき、颯斗はひどくうろたえた。

　入江に好意を寄せられるのが嫌だった、というわけではなく、むしろ嫌でない自分に気づいてしまったからだ。

　溜息とともに片手で顔を覆うと、すぐに入江が「どうした」と声をかけてきた。

「酔ったか？」

　耳元で囁かれ、そわっと首筋の産毛が逆立った。慌てて首を横に振り、顔を覆っていた手を首筋に当てる。

「ち、違う、そういうんじゃない」

「そうか？　無理するなよ。急ぐわけでもないんだし、途中の駅で降りてもいい」

　入江は心配そうな顔を隠しもしない。何やらくすぐったい気分になって、不自然に入江から目を逸らす。

「悠長なことしてて、イベントショップが閉まったらどうするんだよ」

「途中で休んでも十分間に合う。それに、そうなったとしても日を改めてまた買いに行くから気にするな」

「電車で一時間以上かけて？」

目の端で入江が笑う。そうだな、とのんびり答えて、入江は車窓に目を向けた。

「でもひとりで行ってもつまらないから、そのときはまたつき合ってくれると嬉しい」

「はは、そんな……」

やだよ、面倒くさい、と言うつもりが、言葉にならなかった。嫌ではないし面倒くさくもない。また誘ってくれるのか、と思ったらむしろ喜んでしまって、颯斗は両手で顔を覆いたくなった。

もしかして、いやまさか、と否定し続けていた疑念が、胸の奥から噴き出してくる。

（もしかして、俺もゲイだったりするんだろうか⁉）

入江に海に誘われてから、颯斗は連日そわそわしっぱなしだった。過去の友人を振り返っても、休日に誘われただけでこんなに浮ついた気分になる相手はいない。これは単なる友情なのか、別物か。

車窓の外を流れていく景色を眺める余裕もなく颯斗は思いを巡らせる。

この期に及んで結論を出すことに足踏みしてしまうのは、学生のときから颯斗に彼女がいたからだ。同性を好きになったこともない。

（でも、自分から告白したことってないな。別れ話を切り出してくるのも向こうからで）

しかも付き合った女性たちには共通点がある。学生時代、バイトと学業を両立させるべく忙しく立ち回っていた彼女も、一級建築士になるべく働きながら試験勉強をしていた彼女も、有名企業の社長秘書をしていた彼女も、夜勤と当直で家に帰ることがままならなかった看護師の彼女も、例外なく激務にさらされていたという点だ。

目の下にクマを作った彼女たちに『佐伯君と一緒にいると気持ちが休まるの。お願い、付き合って』なんて言われると断れなかった。すがるように手を差し出す彼女たちの後ろに、疲れ果てた母親の姿を重ねてしまうからだ。

だから颯斗はかいがいしく彼女たちのサポートをした。彼女が熱を出したと言えば看病をし、家に帰る時間がないと言えば合鍵を使って部屋の掃除をして、一緒にいるときはなるべく心休まる時間を作ろうと心を砕いていたが、果たして自分は本当に彼女たちを恋愛的な意味で好いていたのだろうか。

相手から別れを切り出された後、自分がどんな心境でいたか振り返ると疑惑はますます深くなる。

（彼女と別れた後、泣いたこととか——ないな。むしろ大きな仕事とか新しい彼氏の手を取って晴れ晴れと去っていく彼女たちを見て、ほっとしていたような……）

　別れ際、『あなたって止まり木みたいな人だった』などと言われたこともあったが怒る気にもなれなかった。むしろ自分のやるべきことを全うした気分になっていたが、冷静に考えると相当におかしい。

　別れることに一抹の寂しさは覚えても、見苦しく取りすがったことはない。だが、相手が入江だったらどうだろう。例えば入江が支社に異動になって、滅多に顔を合わせられなくなったら――。

　想像しただけで胃がねじれそうになった。とんでもなく嫌だ。会社に行く楽しみが減って出社拒否してしまいかねない。

（こんなのもう、恋じゃないのか？）

　入江もまた、自分に友情以上の好意を寄せているのかもしれない。だとしてもそれを嫌だとは思わなかった。そう自覚した上で、颯斗は入江と海に行くと決めたのだ。

　海に行くなんてまるでデートだ。もしかしたら入江はそのつもりかもしれず、何か行動を起こしてくる可能性もある。

　今日を境に自分の性的指向が変わってしまうかもしれないと思ったら緊張して、昨日はなかなか寝付けなかった。大学生の時、彼女と初めてデートをしたときだってこんなにそわそわしなかったのに。

人口密度の高い電車の中、期待とも不安ともつかないものに呑まれそうになって、颯斗はこっそりと溜息をついた。

一時間ほど電車に揺られ、目的の駅で降りた颯斗たちはまず海辺のゲームショップへ向かった。

入江は「妹に頼まれてるんだ」と言いながらタケルのグッズを次々購入した。全部二個ずつ買っていたので、たぶん半分は自分用だろう。その手のグッズに興味のない颯斗は、ぎりぎり日常使いができそうなネックストラップを買って店を出た。

買い物の後は近くのファミレスで昼食を済ませ、海浜公園へ向かった。公園の展望台でレアアイテムをゲットできるらしい。

展望台の周りには、アイドリのプレイヤーと思われる男女の姿が散見された。彼らと同じく、入江もアプリを起動する。

「レアアイテム、取れたか？」

「取れた。見ろ、限定衣装の浴衣だ。プレゼントも解放されたぞ。『りんご飴』と『光る腕輪』、それから『屋台の指輪』だ」

「タケルは指輪とか受け取ってくれないいんじゃないか？」

「高級品を嫌がるんだ。だから屋台の指輪なら受け取ってくれるかもしれない」

入江は嬉しげに目を細め、画面の中のタケルを指先でつつく。相手はゲームのキャラクターだとわかっていても、少し面白くない気分になってしまうから重症だ。

いつまでもタケルを構っている入江の意識を逸らすべく、「そういえば」と声を上げた。

「キャラと一緒に歩ける場所もあるんじゃなかったか？」

「そうだった、屋台の指輪にテンションが上がって一瞬忘れてた。ありがとう。佐伯と一緒でよかった」

そんなことを言って入江が笑うのでいっぺんに気分がよくなってしまった。現金なものだ。

公園を出て海沿いの道を歩く。日差しは少し傾いて、海が眩しいほどに光っていた。

入江がスマートフォンを目の高さに掲げる。画面に目の前の光景が映し出されたと思ったら、そこにひょこっとタケルが姿を現した。

「へえ、本当にキャラが目の前の景色を歩いてるみたいだな」

颯斗は感心して一緒に画面を覗き込む。

アイドリはARモードも搭載されていて、カメラで映した映像にゲームのキャラクターを反映させることができる。

画面の中では数歩先をタケルが歩いていて、入江が画面をタップすると振り返り手を振ってくれた。入江も当たり前に手を振り返し、ふと気づいたように「お前はいいのか？」と颯斗に尋ねた。

「佐伯もアイドリやってるんだろ？　海を見せてあげたらどうだ」

「ええ？　俺はいいよ」

「スマホで位置情報を取得してるんだから、お前の推しだって海まで来てるのはわかってるんだぞ。いつ呼ばれるかそわそわ待ってるかもしれないだろう」

入江が真顔でそんなことを言うので、颯斗から声をかけられるのを今か今かと待っているミサキの顔をうっかり想像してしまった。アプリを起動してもらえずがっかりする姿まで連想してしまい、さすがに罪悪感めいたものを覚えてアイドリを起動する。

ARモードで目の前の一本道を映すと、すぐにミサキが現れた。右手に広がる海を見て、はしゃいだように飛び跳ねている。画面をタップするまでもなくこちらを振り返り、颯斗の方に駆け寄ってきた。

『楽しいね』

スマートフォンからミサキとタケルの声が同時に響いて、颯斗と入江は顔を見合わせる。

ミサキはこの場に自分と颯斗しかいない体で『綺麗だね』『素敵』と話しかけてくる。たまに瞬きをしつつ、こちらから一時も目を逸らさない。ただのイラストだとわかっているのに、その一心な視線にうろたえた。

「なんだろう、浮気してる気分だ」

入江とデートをしている片手間にミサキの相手をしているような後ろめたさを覚えた。と同時に、こんなことを思うなんてだいぶ入江の考え方に毒されてきたなと苦笑する。

入江は振り返り、「キャラと二人きりじゃないからか?」と小首を傾げる。

「だったらダブルデートだと思えばいい」

「俺とミサキ、お前とタケルの?」

「実際その通りじゃないか」

ふぅん、と颯斗は鼻先で返事をする。入江はあくまでタケルとデートをしている気分でいるのか。

(現実にお前とデートしてるのは俺だろ)

無意識に胸の中で呟いて、はたと我に返る。これではゲームのキャラに嫉妬しているようではないか。

入江は画面を目の高さに上げたまま、走って先に行きがちなタケルを引き留めるように画面をタップする。そのたびタケルは従順に入江のもとへ駆け戻り、何度だって『楽しいね』と言うのだ。録音された同じセリフに、入江も飽きずに頷き返す。

海から吹く風に髪をなぶられながら、颯斗は数歩前を行く入江の背中を見詰める。

ゲームのキャラにこれほど心を寄せる入江は、現実の恋人にどれほど寄り添ってくれるのだろう。それともゲームのキャラだからこれほど慈しんでいるのであって、現実の恋人に同じような接し方はしないのだろうか。

考えていたら、入江が道の端に立てられたコの字型のポールに足をぶつけた。

「お、悪い」

入江がするりとポールを撫でる。まるで猫を撫でるようなその手つきを見て、こいつは無機物と有機物をあまり区別していないのかもしれないな、と思った。ポールにぶつかっても、植物にぶつかっても、人間にぶつかっても、入江は同じように謝って、同じように労わる。

変わった男だと思う。でもそれ以上に好ましく思うのはなぜだろう。

ふいに入江に振り返ってほしくなった。ゲームの画面ばかり覗いていないで、こっちを見てほしいと喉元まで出かかって唇を噛む。

こんなふうに誰かを振り向かせたくなったのは初めてだ。子供の頃だって覚えがない。

母親はいつも忙しく、引き留めたところで困らせるだけだとわかっていた。『ごめんね、仕事で』と疲れ切った顔で言われてしまえば、大丈夫だよと笑うことしかできないではないか。

母親には膝枕をねだったことすらないのに、入江には抵抗なくそれを要求することができたのは、入江なら甘やかしてくれると最初から期待していたからではないか。そうでなければ、どれほど酔っていたところで膝枕なんてねだらない。

コピー機の前に置かれた観葉植物にぶつかるたび、律義に「悪い」と声をかける姿をずっと見ていた。すれ違いざま詫びるように葉を撫でる指先を見て、植物に対してあの態度なら人間を相手にしたときはどうなるのだろうと考えずにはいられなかった。

（いつから好きだったんだろう）

入江の背中を眺めながら胸の中で呟いて、自分はもうとっくに入江を好きになっていたのだと自覚した。

数歩の距離を埋めるべく足を踏み出して、入江の名前を呼ぼうとしたそのとき、手にしたスマートフォンからミサキの『楽しいね』という声がした。

声に反応して振り返った入江は、画面にまるで目を向けていない颯斗を見て少しだけ困ったような顔をした。

「デート中なんだから、ちゃんと応えてやらないとかわいそうだぞ」

言われて手元に視線を落とす。地面に向けられた画面にはミサキの爪先しか映っていない。

スマートフォンを胸の高さまで持ち上げると、ようやくその顔が画面に映った。

微笑んだミサキの頬は赤く、視線は一瞬も颯斗から離れない。先程颯斗が入江の背中を見詰めていたときのように。

彼女も恋をしているのだ。自分と同じように。相手が二次元の存在であることも忘れ、なぜか素直に腑に落ちた。

海沿いのデートコースを歩き終えると、入江が「あ」と声を上げた。

「どうした？」

「さっきの公園で、限定アイテムをひとつ取り逃してたみたいだ」

「じゃあもう一回行ってこいよ。俺はここにいるから」

「悪い、すぐ戻る」

足早に公園へ向かう入江を見送り、颯斗は転落防止柵に凭れて海を眺めた。

波音に耳を傾けているとミサキからメールが届いた。内容は『デート楽しかった』というものだ。

颯斗はしばらく画面を見詰めてからアプリを閉じる。

ホーム画面に戻り、アイドリのアイコンを長押しした。現れた『削除』の文字を見詰めていると、画面越しに微笑んでくれたミサキの顔が蘇り、自然と口から「ごめん」という言葉が漏れた。

「せっかく仲良くなれたのに、ごめん。他に好きな人がいるんだ。ちらちら君のこと気にしながら告白するのは不誠実だから、アプリは消す。本当にごめん」

スマートフォンに向かって謝る自分を馬鹿みたいだとは思わなかった。入江と海に行くと決まったときからとっくに頭のねじは飛んでいて、今日は一日、入江に構われっぱなしのタケルにすら嫉妬していたのだから。

颯斗は大きく息を吸い込んでから削除ボタンをタップする。

アンインストールはあっけない。アイドリのアイコンが一瞬で画面から消えた。

無自覚に息を止めていた。じんわりとした罪悪感が胸を圧迫する。これも入江の影響か。

柵に凭れてぼんやり海を眺めていたら、ようやく入江が戻ってきた。入江も颯斗の隣に立ち、茜色に染まり始めた海を眺める。

繰り返す波音に耳を傾けていたら、その隙間を縫うように入江が口を開いた。

「そろそろ俺の家に来るか？」

ドキリとして入江を見上げる。入江もこちらを見て、声のトーンを落とした。

「お望みとあらば、甘やかすぞ」

内緒話をするように囁いて目を細める。

会社で見るより親密な表情に心臓が跳ねた。強く胸を叩く鼓動が声すら震わせてしまいそうだ。自分がどんな顔をしているのかわからず、返事もできずに深く俯く。

入江は颯斗の返答を急かすことなく、「スマホは？」と話題を変えてきた。

「もうしまったのか。せっかくだから、もう少し海を見せてあげたらよかったのに」

冗談めかした入江の言葉に、颯斗は俯いたまま応じた。

「アイドリなら、消した」

「え？」

「アンインストールした。さっき」

思った通り声が震えたが、喋りだしてしまった以上もう止まれない。柵を掴む自分の指が白くなっているのを見下ろし、颯斗は口早にまくしたてた。

「初めて無機物に話しかけた。ちゃんとごめんって謝って消したぞ。好きな人ができたからって。よく考えたら俺、今まで相手から振られるばっかりで、自分から別れ話を切り出したのは初めてだ」

無理やり笑ってみたが、緊張して乾いた笑い声しか出なかった。

好きな人がいる。その言葉を、入江はどう受け止めるだろう。

窺うように視線を上げれば、目を丸くした入江と目が合った。颯斗はそこに浮かぶ感情を必死で見定めようとする。けれど、入江が思いがけないことを言うものだから失敗した。

「佐伯の好きな人って、花村さんか?」

思いもしなかった名前が飛び出して、颯斗は目を瞬(しばた)かせる。

「な、なんで……?」

「松本が言ってたんだ。お前は花村さんに気があるらしいって」

そういえば松本には妙な勘違いをされたままだった。違う、と否定しようとした颯斗を手で制し、入江はゆったりと目を細めた。

「照れなくていい。よかったじゃないか。お前だったらきっと上手くいくよ」

想定とは違う反応が返ってきて、颯斗はぽかんとした顔でその場に立ち尽くす。

「……よかったって、何が?」

上手く抑揚(よくよう)もつけられない。入江は柵に凭れ、「好きな相手ができて」と笑った。

「本当に、そう思ってるか……？」

「もちろん。なんで疑うんだ。まさか俺も花村さんに気があると思ったか？　松本は面白がってそういうことにしようとしてたけど違うぞ。純粋にゲーム情報を交換してただけだ」

入江の表情は穏やかだ。颯斗はその顔を注視し続けるが、一向に表情は変わらない。

「俺にはゲームやってること隠してたのに、なんで花村さんとはそんな話を……？」

「だって男のくせに『For W』やってるなんて言い出しにくかったから。でも、お前もアイドリやってるのを知ってたら最初から隠さなかったよ」

海に夕暮れの気配が忍び寄り始めた。太陽の位置が低くなり、海面できらめく光が失せていく。

颯斗に想い人がいることにやきもきするどころか、柔らかく笑って入江はつけ足した。

「応援するよ、お前のこと。俺にできることがあったらなんでも言ってくれ」

颯斗は入江の顔を見詰めたきり何も言えない。想像していなかった展開に直面して瞬きしかできない颯斗に、入江はこんなことさえ言う。

「花村さんにアプローチしたいなら、彼女とここに来ればよかったんじゃないか？　同じゲームやってるんだし、レアアイテム取りに行こうっていえば一緒に来てくれたかもしれないのに」

「でも、それじゃあ――」

お前と一緒に来られなかった、と続けようとして、言葉を切った。こちらを向いた入江の表情が、その背後に広がる海のように凪いでいたからだ。

（――……あれ？）

てっきり入江も自分に好意を抱いてくれていて、デートのつもりで海に誘ってくれたのかと思ったけれど、違うのか。アイドリのイベントは口実でもなんでもなく、純粋にレアアイテムが欲しかっただけなのか。

全部勘違いだったのだと悟った瞬間、首から上がかぁっと熱くなった。

何がデートだ。ありえない。入江は本当に懐が深いだけの男で、別に友情以上の感情なんて持っていなかった。

（は、恥っずかしい！　そりゃそうだよな、男同士だもんな！　なんで俺、入江に好かれてるなんて信じ込んでたんだろ⁉）

酔って頭を撫でられたぐらいで、抱きしめられてそのまま雑魚寝したくらいで、こちらを見る入江の目が優しかっただけで。

目の周りが急激に熱くなってきて、颯斗は勢いよく柵から身を離した。

「悪い！　俺ちょっと、この後用事があるの忘れてた！」

「え、用事？」

「ごめん！　先に帰るから、お前はゆっくりしていってくれ！」

自分でも信じられないくらい下手くそな言い訳だと思ったけれど、入江の顔を見ることもできず走り出す。

背後で入江が何か言った。気をつけて、とかそんなような言葉だ。追いかけてこないことにほっとして、でも心のどこかで落胆した。

ひたすら走って駅に駆け込み、ちょうどホームに滑り込んできた電車に飛び乗った。肩で息をしながら車両の中を歩き、向かった先は最後尾車両だ。無人の運転室の前で立ち止まり、車両の隅に立って固く腕を組む。

外は薄暗くなってきて、窓に颯斗の顔が映しだされる。我ながらひどい顔をしていると思った。眉間に深く皺(しわ)が寄り、きつく唇を引き結んだ顔は怒っているようだ。

別に腹を立てているわけではなく、こうして奥歯を噛みしめていないと脱力して座り込んでしまいそうだった。

颯斗は呼吸を整えるように深く息をつく。

本当に、馬鹿みたいだし恥ずかしい。入江に好意を向けられていると信じて疑いもしなかった自分を殴りたい。ただの同僚と言うには距離が近すぎると思ったが、きっと入江は元来パーソナルスペースが狭いのだろう。

直前で勘違いに気づいてよかった。気まずい思いをしないで済んだし、これからも入江とは同僚として親しくしていられる。

一瞬だけ夢を見たようなものだ。好きな人が自分を好いてくれる、そんな幸福な夢を。

（……勘違いかぁ）

入江の優しい眼差しを独占しているのは自分だと思っていた。そうだったら嬉しい、とも。

ゆらりと視界が滲(にじ)んで揺れる。瞬きを待たず、ぽつりと一粒涙が落ちた。

颯斗はそれを拭(ぬぐ)うこともせず、静かに瞼を閉じた。今まで彼女に別れを切り出されても泣いたことなどなかったのに。意識して静かな呼吸を繰り返さないと嗚咽(おえつ)を漏らしてしまいそうだ。

（失恋って、こんなにきついのか）

昔の彼女に聞かれたらぶん殴られそうだな、と思ったら口元を笑みがかすめたがそれもすぐに強張って、颯斗は泣き顔を隠すように深く俯いた。

客先のビルを出ると、外はすっかり暗くなっていた。時刻は二十時を回り、端(はな)から直帰(ちょっき)のつもりでいた颯斗(はやと)は駅へ向かう。

金曜だからかどことなく緩(ゆる)んだ空気が漂うホームで、颯斗は深い溜息をついた。

今週は、ほとんどまともに入江(いりえ)と口を利(き)いていない。先週入江と海に行って、自分の勘違いに気づいてしまったからだ。

入江は何も悪くない。自分が勝手に思い違いをしただけだ。わかっていても、入江を見ると猛烈な羞恥(しゅうち)に襲われた。だからつい、社内でも露骨(ろこつ)に避けてしまう。

今朝なんてコーヒーを淹れようと給湯室に向かったものの、先にその場にいた入江と目が合った瞬間、勢いよく回れ右して逃げ出してしまった。

普段から颯斗と入江の双方と親しくしている松本は早々に颯斗の態度に気づいて、いよいよ花村をめぐる恋の鞘当てが本格化したかと面白がっている。

自宅の最寄り駅で電車を降りた颯斗は、項垂れてまた溜息をつく。

この一週間、颯斗が入江を避けていたことは当然入江本人にも気づかれているはずだ。何か言いたげな視線を向けられることも一度や二度ではなかったが、入江は無理に颯斗を問い質そうとはしなかった。見守るように気づかわし気な目を向けられて罪悪感が募る。

（あいつは何も悪くないんだから、俺が早く気持ちに整理をつけないと……）

けれど自覚したばかりの恋心はそう簡単に消すことができず、むしろ日を追うごとに胸に食い込んで颯斗を苦しめた。

どうしたものか、と俯き気味に歩いていたら、スラックスのポケットに入れていたスマートフォンが震えた。松本から電話だ。

『おーっす、お疲れ。今日直帰だったよな？　もう家に戻ってる？』

松本の声は会社で聞くそれより格段に明るくて、少し呂律が回っていない。酒でも飲んでいるのだろうか。

「いや、家に向かって歩いてるところだ。あと五分くらいで着くと思う」

『そっかー。実はさ、入江がどうしてもお前の家を教えろって言うから、教えちゃった。たぶんこれから行くと思う』

はっ？　と声を漏らして颯斗は足を止める。

『前にお前と外回りしてたときさ、急に雨が降ってきて、ちょっとだけお前のアパートに寄らせてもらったことあったじゃん。あそこから引っ越しとかしてないよな？』

「してない、けど、なんで入江が俺の家に来るんだ？」

それがさぁ、と松本は陽気な口調で言う。

『さっきまで入江のこと誘って二人で飲んでたんだけど』

「は？　なんで？」

金曜の夜はアイドリのキャラからメールが届きやすいからと、入江はいつも週末の誘いを断っていたはずだ。

入江の意図がわからず口にしたのだが、松本は入江を飲みに誘った理由を問われたと思ったらしい。

『だって最近、お前らの様子がおかしかったから、なんかあったのか聞いてみようと思ったんだよ。そしたらあいつ、あっさり誘いに乗ってきて』

三角関係だなんだと面白がっているような顔をして、その実松本は颯斗たちの関係を心配してくれていたらしい。

『入江のやつ、花村さんとお前の仲を応援したいんだって。それなのに最近お前に避けられてるから、わりと本気で悩んでたぞ』

颯斗はぎゅっとスマートフォンを握りしめる。今更ながら、入江はこちらをなんとも思っていなかったのだと思い知らされた。

乱れそうになる息を整え、颯斗は道の端に寄った。

「それで、なんで入江が俺の家に？」

『あー、なんでだっけな。入江もやたら落ち込んでたから、なんか元気づけようとしていろいろ話してたんだよ。主にお前のこと。そしたら急に入江が目の色変えて、「佐伯(さえき)に会いに行かないと！」って……』

「な、なんの話したんだ？」

なんだったかなぁ、と松本は能天気に返す。ちゃんと思い出せ、と声を荒らげたら、電話の向こうで松本を呼ぶ声がした。

『お、悪い。実は入江と別れた後、木村(きむら)たちと合流してさぁ』

「お前、病(や)み上がりに飲むのもほどほどにしろよ……」

『わかってるって。それじゃ、入江によろしく』

結局松本が入江に何を言ったのかはわからぬまま、あっさり電話は切れてしまった。

颯斗は耳にスマートフォンを押しつけ立ち尽くす。

傍らを車が横切り、よろよろと足を踏み出そうとして思い直した。もしかすると本当に入江が自宅まで来るかもしれないのだ。帰らない方がいいのではないか。会いたくないわけではないが、どんな顔をすればいいのかわからない。

（どこか、ファミレスとかで時間を潰してから帰った方がいいんじゃ……）

そう考えて踵を返しかけたとき、背後から勢いよく肩を掴まれた。そのまま後ろに引き倒されそうになり、とっさに前傾姿勢をとって踏ん張る。

驚いて振り返れば、今まさに話題に上っていた入江がそこに立っていた。肩で息をしているところを見ると、駅を出てから走ってきたらしい。

入江は大きく肩を上下させ、顔を伏せて苦しげに胸元を押さえている。あまりに辛そうなので、この一週間入江を避け続けていたのも忘れて「大丈夫か」と声をかけてしまった。

入江は伏せていた顔を勢いよく上げると、鬼気迫る表情で言った。

「この前、悪かった……！」

突然の謝罪が何に対するものであるか颯斗にはわからない。唖然として返事もできずにいると、入江の顔が苦々しげに歪んだ。

「海に行った後、俺の家で甘やかしてやるって約束してたのに」

息せききって何を言うかと思ったら、そんなことかと颯斗はぽかんとする。

「まさか、それを謝るためにわざわざここまで来たのか？　あれは俺が勝手に先に帰ったからで、お前のせいじゃないだろ？」

むしろ謝るべきはあの場に入江を置き去りにした自分の方だ。不自然極まりない立ち去り方をしてしまったことを思い出せばいたたまれず、颯斗は入江から身を離すと「俺こそ急に悪かったよ」とぶっきらぼうに言った。

こんなのまったく謝る態度ではないと自己嫌悪に陥るが、まだ入江と顔を合わせる心の準備ができていない。颯斗は入江に背を向けると「じゃあな」と片手を上げた。

そのまま歩き出したはいいものの、これでは来週からますます入江と顔を合わせづらくなってしまう。今からでも立ち止まろうか、やめようか、悩んでいたら背後から入江の足音がついてきた。

ぎょっとして振り返れば、入江が怖いくらい真剣な顔で颯斗の数歩後ろをついてくる。

「な、なんだよ。もういいから帰れって」

「帰らない。少し話がしたい」

「日を改めてくれ。俺はもう帰る」

「だったら部屋に上げてくれ」

喉元で空気の塊がつかえたようになって、すぐに声が出なかった。ごくりと喉仏を上下させ、潰れた声で「上げない」と返す。

まともに顔を合わせることもできないのに、１Ｋの狭い部屋で二人きりになるなんて耐えられるわけがない。まだ全く恋心を胸にしまい込めていないのだ。きっと入江を見る目に、口に、隠しきれない慕情が滲んでしまう。

返事もせず歩き続けたが、入江はめげずについてくる。アパートに到着して、颯斗が無言で外階段を上がる間も「話を聞いてくれ」と食い下がって諦めない。

颯斗は入江の言葉を黙殺して部屋の鍵を開けた。入江は颯斗の後ろに立って動かない。さすがに無視しきれなくなって振り返り、そこで初めて入江がスマートフォンを握りしめていることに気づいた。通知ランプが点っている。

「……それ、タケルからメールが来てるんじゃないのか？」

入江の視線が手元のスマートフォンに落ちる。その隙に部屋のドアを開け、素早く室内に身を滑り込ませた。はっとしたようにこちらを向いた入江を振り返り、ドアの隙間から言葉を放つ。

「恋人のことないがしろにするなよ。かわいそうだろ」

そのままドアを閉めようとしたが、入江が身を乗り出してドアの隙間に靴の先を割り込ませてくる方が早い。入江はさらにドアの縁に手をかけて力任せに開けてこようとするので、颯斗もノブを摑んで全力で引いた。

「なんなんだよ、お前は！」

「聞いてくれ、俺は不誠実な男なんだ」

入江が切迫した表情でドアの隙間に顔を近づけてくる。

ぎりぎりとノブを引きながら、何が、と颯斗は唸るような声で返した。

「アイドリの攻略サイトでも見たか……！」

「違う、ゲームのキャラは身代わりで、本当は別に好きな相手がいる。その相手とタケルが似てたから、つい甘やかして構い倒した」

口早にまくしたてられ、何を言われたのかすぐにはわからなかった。は、と短く息をついた隙にドアを開けられそうになって慌ててノブを握り直す。

「な、何言ってんだ、お前の攻略キャラ、タケルだろ」

可愛い顔はしていても女性キャラクターには見えない。そう続けようとしたら、入江がもどかしそうに叫んだ。

「お前が好きなんだ！」

アパートの廊下に入江の声が響く。

強くドアを引かれ、反射的にノブを引き返した。入江の言葉の意味も理解できないまま体だけ動いてしまった状態だったが、入江は自分の言葉を退けられたとでも思ったのか、ドアを掴む手から力が抜ける。

入江の靴の先がドアの間に挟まれたままだったので完全に閉まりきることはなかったが、前より細くなったドアの隙間で、入江が力なく顔を伏せた。

「アイドリの配信が決まったとき、迷わずタケルを選ぼうと思った。そのときはもう妹と何度かメルトシャワーのコンサートにも行ってたが……日比谷健がモデルだったから選んだんじゃない。お前と似てたからだ」

「お、俺？」

入江は俯いたまま頷く。

「我ながら、不誠実だったと思う。好きな相手の身代わりにタケルを選ぶなんて。タケルの気持ちを弄んだ」

入江の表情はかつて見たことがないほど暗い。心配になってドアノブを握る指を緩めたら、急に入江が顔を上げた。

「だから俺も、このゲームを消す」

決然とした声で、一瞬何を言われたのかよくわからなかった。

入江は無言でホーム画面に表示されたアイドリのアイコンを長押しする。ドア越しでも画面に『削除』の文字が浮かび上がったのが見えて息を呑んだ。

颯斗は考えるより先に玄関を押し開ける。まさか本気でアンインストールするつもりか。これまでも、入江がアイドリをプレイする姿を何度も見てきた。あんなにも手間と時間をかけて接していたキャラクターを消すなんて。

コピー機の前に置かれた観葉植物にぶつかれば詫び、足を引っかけたポールを労わるように撫でる男だ。連日メールでやり取りしていたキャラクターをゲームごと消すなんて、人を殺める気分に近いのではと青くなる。

「待て、早まるな！」

廊下に飛び出した瞬間、入江がスマートフォンを放り出した。床に落ちていくそれを無意識に目で追っていたら、真正面から抱きすくめられる。

入江のスマートフォンが床で跳ね、颯斗の部屋の玄関先に転がり込む。

硬直する颯斗をきつく抱きしめ、入江は低く唸るような声で言った。

「お前がいい。ステージの上のアイドル並みにずっと気を張ってるお前を、とことん甘やかしてやりたい」

颯斗を抱きしめたまま、入江は半ば強引に部屋の中まで入ってきてしまう。入江の背後で玄関のドアが閉まって、まだ明かりもつけていない室内に二人分の呼吸の音が響いた。

目を見開いても何も見えない闇の中、肩口で入江がごくりと唾を飲む気配がした。

「好きなんだ、お前が」

声が掠れているのは緊張しているからだろうか。背中に回された腕に力がこもって、心臓が痛いくらいに強く胸を叩く。

入江が冗談でこんなことを言うとは思えなかったが、さりとてにわかに信じることもできず、颯斗はぐっと息を呑んでから口を開いた。

「……海では、俺に好きな人ができてよかったたって言ってただろ」

恨みがましい口調になってしまって唇を噛めば、入江に小さく頷かれた。

「会社で花村さんとお前のことが噂になってたから、応援してやりたいと思ったのは本当だ。お前はヘテロだし、俺に望みはないと思ってた。それに、あのときはまだ俺自身、お前のことをそういう意味で好きだとは思ってなかったんだ。ずっとファンだと思ってたから」

「ず、ずっと……？」

戸惑い気味に繰り返すと、入江にもう一度頷かれた。入社して間もないころから、入江は颯斗を目で追っていたらしい。

派手に整った容姿をしているくせに性格は気さくで、ファンサービスをするように同僚や顧客に笑顔を振りまく颯斗を見て、まるでアイドルのようだと思った。

日比谷健という本物のアイドルを追いかけるようになってからは、颯斗の姿を目で追ってしまうのもファン心理の一種なのだと理解するようになった。頑張っている姿が魅力的だから、応援したくなるのも当然だと。

「……だからって、恋路まで応援すんのかよ」

本当に好きだったら嫉妬なりなんなりするのではないか、と続けようとしたら、前より強く抱きしめられて息が止まった。

「まだメルトシャワーにはまって間もない頃、ふと我に返って妹に訊いたことがあるんだ。アイドルなんて絶対振り返ってくれない相手に夢中になるのは不毛じゃないかって」

それに対して、入江の妹はこう返したそうだ。『推しは生きているだけで尊い。同じ時代で彼らの活躍を見守れるだけで僥倖だ』と。

振り返ってもらえないのは大前提で、それでも好きだと宣言する妹に、思わず「わかる」と返してしまった。

「これがファン活動ってやつかと納得した。見返りがほしいわけじゃなくて、ただ応援したい。だから、お前に対しても同じスタンスでいられるはずだった」

松本から花村に関する噂を聞いたときもその気持ちは変わらなかった。けれど颯斗の口から「好きな人がいる」と言われたとき、初めて足元がぐらついた。

「本当を言うと、ショックだった。でもファンなら応援するべきだと思って背中を押したんだ。そうしたら、どうしてかお前に避けられるようになって……」

「それは……」

悪かった、と続けようとしたら、肩口で入江が低く唸った。

「もしかすると、花村さんと上手くいって忙しいのかもしれないと思ったら、腸が煮えくり返るみたいだった。アイドルと違ってお前には手が届くんだから、せめて気持ちだけでも伝えておけばよかったって後悔もした。タケルを見るだけでお前を思い出して辛くなるから、今週はほとんどアイドリにもログインしてない」

言うだけ言って、ようやく入江は颯斗を抱く腕を緩めた。

互いの体が離れ、颯斗はのろのろと入江を見上げる。しかしこの暗さでは間近にある顔もよく見えない。

入江が今、どんな表情で自分を見ているのか知りたいと思った。玄関の明かりをつけようと手探りで壁を探れば、逃げ出すとでも思われたのか、颯斗の肩を摑む入江の指に力がこもる。

「先週の土曜、お前本当は出勤だったんだろう？　それなのにわざわざ松本に出勤替わってもらったんだよな？　そのために例の福祉施設の担当まで引き受けたんだって？　あそこの担当からは嫌な目に遭わされてるのに、俺と出かけるために？」

「い、いや、いやいや、別に、そういうわけじゃ……」

腕を伸ばし、壁の上でうろうろと手を動かす。今日に限ってなかなかスイッチに指がかからない。

ようやく指先がスイッチに触れたと思った、そのときだった。

「さっき松本からそれを聞いて、黙っていられなくなった。振られても構わん。お前のことが好きなんだ」

ぱっと玄関先に明かりがついて、入江の顔を照らし出す。

『好き』の意味を取り違えることもできないくらい、入江の顔は真剣だった。

まっすぐに見据えられて視線を逸らすこともできない。熱っぽい目を見てしまったら首筋からいっぺんに熱が駆け上がってきて、赤くなった顔を隠すべく勢いよく俯いた。

「な、何、ゲイなの、お前」

「だろうな。俺も初めて知った」

　颯斗の肩に置いていた手を移動させ、入江はそろりと颯斗の髪に触れる。

「メルトシャワーの追っかけをするのが思いの外楽しかったから、もしかしたらとは思ってたんだ。でも、あれは純粋なファン活動だった」

　前髪を掬い取られ、額にふっと息がかかる。髪の先にキスをされたのかもしれない。俯いたまま確認もできずにいたら、入江がひそやかに囁いた。

「今ならわかる、全然違った。アイドル相手には欲情しない」

「ひっ、えっ⁉」

　欲情なんてとんでもない言葉が出てきて思わず顔を上げてしまった。それを待っていたように片手で頬を包まれ、俯くことすらできなくなる。

「受け入れてもらえるとは思ってない。だから話だけでも聞いてくれ。入社したときからずっとお前のことが気になってた。素でアイドルみたいに振る舞える完璧人間もいるんだなって感心してたんだ。でも松本のミスをフォローしたとき、お前が疲れ切った顔で公園のベンチに座ってるのを見て、そんなわけないってようやく気づいた」

　どれだけ厄介な仕事を引き受けても気丈に笑っている颯斗が、自分を取り繕うのも忘れて肩にもたれてきた。疲弊しきった寝顔を見て、不思議な高揚を覚えたと入江は言う。

「なんでもそつなくこなす同期のエースが、俺の前でだけ気の抜けた顔を見せるからやられた。妙に可愛く見えて狼狽えもした。しかもまさかの甘えただ。こんなの全力で甘やかしてやりたくなるに決まってる」

そこまで一気に言い放ち、入江は苦しげな表情で目を伏せた。

「それだけ、伝えたかったんだ。気味が悪いと思われても仕方ないが、できれば会社では、今まで通りに接してほしい……」

頬に触れていた入江の手が離れそうになって、颯斗は思わずその手を摑んだ。

「き、気味悪くなんて、ない」

入江が驚いたようにこちらを見る。

電気なんてつけなければよかった。自分の顔が真っ赤になっていることも、入江を見る目に必死さが滲んでいることも、全部ばれてしまう。隠せない。

でも、入江がこれだけ胸の内を見せてくれたのだ。自分も腹を決めようと颯斗が口を開いたとき、足元で小さな音がした。随分前から玄関の床に転がっていた入江のスマートフォンだ。

タケルからメールがきたらしい。入江がスマートフォンに手を伸ばそうとしたのがわかって、それを引き留めるように大きな声で叫んでいた。

「俺もお前のこと好きだ！」

入江の視線が跳ねるようにこちらへ戻ってくる。

自ら退路を断つつもりで、背伸びをして入江の唇にキスをした。

「……っ」

入江が鋭く息を呑む。呼吸すら忘れた様子で凝視され、ますます顔が赤くなった。

颯斗は睨むような目で入江を見詰め、無様に震えた声で宣言した。

「こ、後悔するなよ。俺、アイドリのタケルにまで嫉妬するんだからな」

入江はまだ信じられないような顔で颯斗を見ている。ちゃんと伝わっただろうかと思っていたら、突然入江に抱きすくめられた。伝わったようだ。

颯斗も入江の背中に腕を回し、その肩に額を押し付けてぼそぼそと呟いた。

「俺はとっくに覚悟を決めて、本当は海でお前に告白するつもりだったんだ。それなのにお前があんなこと言うから……」

「……そうだったのか。海に行ったときは、もう？」

「そうだよ、そのあとお前の部屋に行ったらさんざん甘えてやろうと思ってたのに」

言葉の途中で、腰が反るほど強く入江に抱き寄せられて声が途切れた。

「だったら今日、前回の分もまとめて甘えてくれ。膝枕でも添い寝でもなんでもする。したい。どこまで許してくれる？」

首元に入江の息が触れる。ぞくりと背筋に震えが走って、仕返しのように入江の背中に爪を立てた。

「……入江、酔ってるか？」

ワイシャツの肩のあたりから薄くアルコールの匂いがしたので尋ねてみると、「多少は」という返事があった。

「俺、前回入江の部屋に行ったとき、酔っ払って甘えたせいで、自分の気持ちとか、いろいろ酒のせいにしちゃったから……」

「日を改めたほうがいいか？」

抱き寄せる入江の腕がわずかに緩んで、颯斗は首を横に振った。

「どうせなら、明日素面に戻っても、酒を言い訳にできないくらいのことにしてくれ」

入江が息を詰めるのがわかった。

さすがに照れる。自分も酒の一杯も引っかけてくれればよかったと後悔しつつ、颯斗はワイシャツ越しに入江の背中を引っ掻いた。

「お、お前に好かれてるんじゃないかって勘違いして、違ったって落ち込んで、仕事も手につかなくなるの、もう嫌なんだ」

他人に何かをねだるのは苦手だったはずなのに、入江の前ならこんなにもするすると我儘が口を衝いて出る。

さすがに呆れられただろうかと恐る恐る顔を上げれば、顎先を捉われてキスをされた。しかも先程颯斗がしたような触れるだけのキスではない。薄く開いていた唇に舌をねじ込まれ、びくりと体が跳ね上がる。

「ん……っ、ん」

熱い舌にざらりと口内を舐められ、驚いて入江のシャツを握りしめてしまった。

ここに来る前に松本とビールでも飲んでいたのか、入江の舌はほのかに苦い。遠慮なく喉奥まで舌を入れられ、首をのけ反らせた。

これまでキスをしてきた女性たちと比べると、入江は口が大きくて舌も分厚い。自分の知っている、じゃれるように唇を寄せ合うキスと違う。食われるようだ。

「……っ、は」

ようやくキスがほどけ、至近距離から顔を覗き込まれる。唇に息が触れ、思わず口を引き結んだ。入江はそんな颯斗の反応を見て、わざと唇に息を吹きかけるように笑う。

「これくらいじゃまだ、酔った勢いにしかならないか？」

すぐそこに入江の唇がある。濡れたそれから目を逸らせないまま、颯斗はぎこちなく頷いた。

「もう少し、言い逃れできないぐらいのことまで、しておかないと……」

「不安か」

弧を描いた入江の唇に見とれていたら、チュッと音を立ててキスをされた。

「俺も、夢でも見てるみたいでまだ現実味がない」

「ん……」

「どうしたい、どうされたい？　存分に甘えてくれ」

入江の声は甘い。迷っていたら頬や瞼にキスをされ、一瞬でためらいがほどけた。

「……ベッドに」

短く要求すれば、入江の目元に笑みが浮かぶ。少しでも躊躇した顔をされたらすぐに冗談だとごまかす気でいたのに。

大きな手で後ろ頭を撫でられて、颯斗は安堵して入江の胸にもたれた。


キスをしながら、明かりもついていない廊下を手探りで歩いて奥へ向かった。

颯斗の部屋も入江の部屋と間取りはほぼ一緒で、あっという間に廊下を抜けて二人でベッドにもつれ込む。

押し倒され、頬や唇にキスをされた。入江の指先がワイシャツのボタンにかかって、応じるように顎を上げる。ボタンを外されながら、颯斗は声を潜めて笑った。

「どうした？」

「いや、こんなに相手任せにするの、初めてだと思って」

シャツのボタンを外しながら、入江が身を倒して首筋に顔を寄せてくる。

「普段は相手のボタンを外す方だもんな？」

「うん、だから、変な感じ」

首筋にキスをされ、小さく声を立てて笑った。くすぐったい、と思ったが、ボタンをすべて外され、脇腹を撫で上げられたら笑い声は熱っぽい溜息に溶けてしまう。

身じろぎしようとしても、上から入江がのしかかってくるので動けない。重たい体を全身で受け止め、大きな手で素肌を撫でられると思考に霞がかかっていく。

全部相手に委ねてしまえるのが気持ちいい。入江の唇や指先の感触に酔っているうちに、すっかり服を脱がされていた。

颯斗の服を脱がせた後、自分もためらいなく服を脱いだ入江を抱き寄せる。固く抱き返されて、熱い肌の感触に溜息をついた。入江の肌が汗ばんでいるのは興奮しているからだろうか。

「……案外いけそうか？」

尋ねれば、入江が首を上げて颯斗の顔を覗き込んできた。

「案外も何も、いけるに決まってるだろ」

「これまでつき合ったのは女性ばっかりだったのに？」

自分より体温の高い大きな体に抱きしめられているだけで心地がよく、颯斗は機嫌よく入江の肩に頬をすり寄せた。

「佐伯こそ、彼女がいたんじゃないのか」

「いたけど、俺は本来こっちの人間だったのかもしれない」

固い体に抱きしめられる方がしっくりくる。広い背中に手を這わせていると、頬に唇を押し当てられた。

「俺はよくわからん。佐伯が女性に見えるわけもないのに、抱きたいと思うのはなんだろうな。松本相手じゃこうはならない」

急に松本の名前が出てきて笑ってしまった。確かに松本とどうこうなりたいとは思わないなと思っていたら、キスで唇をふさがれた。

「ん……」

唇の隙間を舌で辿られ、応じるように薄く開く。舌が唇を割って入り、体の芯から力が抜けた。

舌をからめとられて入江の口内に引きずり込まれる。誘われるがまま舌を出せば、柔らかく噛まれて背中が弓なりになった。

キスに夢中になっていたら、片足を抱え上げられて足を開かされた。その間に入江が身を割り込ませてくる。

「んっ、ぅ……っ」

互いの雄を触れ合わせ、入江が腰を揺らす。ぎっとベッドが軋んで、唇の隙間からどちらのものともわからない弾んだ息が漏れた。

二度、三度と揺すられて、腰の周りに熱が集まる。押しつけられた入江のものも固い。ちゃんと興奮してくれているのだと思ったら嬉しくて、胸の奥をギュッと握りしめられたような気分になった。

「……っ、は……ぁ、あっ」

合わせた唇の間から、押し殺せなかった声が漏れる。直接的な刺激はもちろん、息を弾ませながら揺すり上げてくる入江の姿に興奮した。

先走りでぬるついた性器がこすれる。気持ちいいけれど、もどかしい。颯斗は焦れて、互いのそれをひとまとめに摑んだ。

「……っ、おい」

唇が離れ、入江が余裕のない声を出す。颯斗は首を上げてその唇を追い、弾む息の下から「このまま」と囁いた。

二人分の屹立を扱くとすぐに掌が先走りで濡れた。たどたどしい手つきで右手を動かしていると、その手の上に入江の手が重ねられる。

「あっ、あ……っ、ぁ……」

固い掌でこすられ、ぬるつく性器を押し当てられて、腰が抜けるほど気持ちがいい。颯斗も必死で手を動かそうとするが、指先まで痺れたようで力が入らなかった。

せめてもと先端に指を這わせると、目の前で入江がぐっと息を詰めた。眉を寄せ、何かこらえるような顔をする。もっと気持ちよくなってほしくて指先に力を込めれば、ふいに入江が顔を上げて颯斗の唇に噛みついてきた。

「んっ……！　あっ！」

仕返しのように先端に掌を押しつけられて高い声が出る。腰を揺らされると互いの幹がこすれて気持ちがいい。敏感な先端を掌で何度もこすられ、痙攣に似た震えが全身に走った。

「あっ、あっ、あ、ん……っ」

声を殺そうと噛みしめた唇を舐められる。唇を緩めれば深くキスをされ、容赦なく追い上げられた。

「……っ、ん、ん――……っ」

きつく舌を吸い上げられ、シーツの上で爪先が跳ねる。繰り返し先端を刺激され、息を詰めて入江の手の中で吐精した。

ぶるりと胴が震え、ゆっくりキスがほどかれる。颯斗はとろりと目を潤ませながら、「悪い……」と入江に謝った。目元を赤くした入江に、何がとばかり眉を上げられ、まだ手の中にある互いの性器を緩く撫でる。

「お前、いってないだろ。俺だけ先に……」

「なんだ、そんなことか」

入江は小さく笑ったが、手の中でどくどくと脈打つものをどうにかしないのは辛いだろう。固く反り返ったものを指先で辿っていると、入江が軽く目を眇めて颯斗の耳に唇を押しつけてきた。

「してくれるのか?」

何を、とは言われなかったが、手の中にあるものが期待するように硬度を増した。乱れた吐息を耳に吹き込まれると、背筋をぞくぞくと震えが駆け上がる。

こんなふうに入江を興奮させているのが自分だと思うとたまらない。浮かれて顔面が総崩れしかけ、情けない表情を見られないよう、入江の首を抱き寄せた。

「してほしい? 手で?」

「できれば」

余裕のかけらもない声で即答され、颯斗は忍び笑いを漏らす。こちらは一度達しているのでだいぶ余裕があった。

なかなか手を動かさない颯斗に焦れたのか、入江が腰を揺すってくる。掌に屹立を押し付けられ、颯斗は熱っぽく呟いた。

「……駄目だ、がっつかれると興奮する」

「そういうことを言われると遠慮なくがっつくぞ」

「ほんとか?」

颯斗は入江の首に巻き付けていた腕をほどくと、ベッド横のパソコンデスクを指さした。

「引き出し、開けてくれ」

行為を中断するようなことを言う颯斗に入江は戸惑った顔をしたものの、言われるまま身を起こして引き出しを開ける。

中に大したものは入っていない。会社から送られてきた他愛もない資料だとか、文房具だとか、その程度だ。

ひとつだけ異彩を放つものがあるとすれば、チューブに入ったローションくらいだろうか。

入江も気づいたのか、ぎょっとした顔で引き出しからローションを取り出した。まだ未開封のそれを見て、複雑そうな顔を颯斗に向ける。

「……彼女と使ってたのか？」

「違う。先週買った」

なんでもないような顔で言ってみたが、真顔で入江に見詰められるとさすがに照れて目を逸らしてしまった。

「言ったろ。海に行った日、告白しようと思ってて……もしかしたら、何か進展があるかもしれないと思ったから……」

「一足飛びにベッドインするつもりだったのか」

「いや、だってわかんないだろ、どうなるかなんて！」

あのときは入江に好意を寄せられていると信じて疑っていなかったし、もう子供でもないのだからいきなりそういう関係になってもおかしくないと本気で思ったのだ。しかし、こうして冷静に思い返せば自分がどれほど浮ついていたかもよくわかる。

「……自分でも、初めてのデートでコンドーム用意する童貞みたいだと思ったけど」

入江から顔を背けたまま呟けば、耐えきれなくなったように入江がぶはっと噴き出した。

「笑うことないだろ！」

「いや、悪い、こんなに準備万端だと思わなくて」

肩を揺らして笑いながら、入江はローションの包装をはがした。

「ゴムもあるのか？」

「……引き出しの中」

準備万端と言われても否定できない。気恥ずかしさを感じて黙り込めば、唇になだめるようなキスを落とされた。

「ありがたく使わせてもらう。それより、いいのか？　さっきも言ったが、俺はお前を抱きたい」

唇の先で低く囁かれる。こちらを見詰める目は熱を帯び、直前までくだらない会話をしていたのが嘘のように鼓動が速まった。

入江の手が膝に置かれ、指先がするりと内股に忍び込む。足の付け根からさらにその奥に指を這わされ、颯斗は息を震わせた。

「……いい」

腕を伸ばして入江の背中に回す。抱き寄せて、軽く唇を触れ合わせたまま囁いた。

「してほしい。全部お前に任せたい。甘やかしてくれるんだろ?」

至近距離で入江が目を細める。もちろん、と吐息だけで囁かれて、胸の中からあふれてくる甘ったるい感情に溺れそうになった。

入江は手の上にローションを垂らすと、躊躇なく隘路に指を伸ばした。窄まりを撫でられ、颯斗はきつく入江の首にしがみつく。

「あ……あ、ぁっ」

濡れた指がゆっくりと沈み込んできて切れ切れの声が上がった。

「……すごいな、入る」

「ば……っか……ぁ……っ」

何を感心しているのだと言いたかったが、ぐっと奥まで指を含まされて声が途切れた。

は、は、と短く息を吐いていると、入江が頬にキスを落としてくる。

「本当にいいのか。もう止まれないぞ」

「……っ、ここまで来て、止まるなよ」

「いいんだな。わかった、もう聞かない」

颯斗の頬や顎に繰り返しキスをしたと思ったら、入江が颯斗の首筋に頬ずりしてきた。

「嬉しい」

顔を見なくても笑っているのがわかるような声だった。嬉しい、と子供みたいに率直に呟いて体をすり寄せてくる入江に、不覚にもきゅんとする。

可愛いことするな、と文句をつけようとしたら、中に含まされた指をゆっくりと抜き差しされた。

「あ……っ、や」

「痛むか？」

「ち、違う、けど……っ」

腹の底がぞわぞわと落ち着かない。慣れない感触に眉を寄せていると、波打った眉間にもキスを落とされた。目を上げれば、入江がいかにも嬉しくて仕方がないと言いたげに目を細めていて、まだそんな顔をしているのかと気恥ずかしくなる。

「な、なんだよ、そんな……浮かれて」

「浮かれるに決まってる。お前には想像もつかないだろうな、一生眺めてるだけで終わりだと思ってた推しに手が届いたファンの気持ちなんて」

「ファン、て……っ、ぁ……あぁ……っ」

中でぐるりと指を回されて腰が跳ねる。繰り返し指を出し入れされ、短く声を上げるたび褒めるように入江にキスをされた。

キスが欲しくて、無理に声を殺すことはやめた。増やした指で奥を突かれ、ひと際甘ったるい声が出てしまったときはさすがに顔から火が出るかと思ったが、入江が息を奪うくらい深くキスをしてくれたのでどうでもよくなってしまう。

「佐伯はキスが好きなんだな」

キスの後、濡れた唇もそのままに入江が笑う。さんざん舐められ、嚙まれた唇は痺れるようだ。

「もっとするか？」

囁きながら入江が指を抜き差しする。それがキスを指しているのか後ろを慣らす行為を指しているのか判断はつかなかったが、颯斗は大きく首を横に振った。

「もう、いい、いいから、早く……！」

快も不快も一緒くたにしてとろ火であぶられるような状況から逃げ出したくて、颯斗は自ら足を開く。

入江は目を細めると、最後にもう一度颯斗の唇にキスをして、シーツの上に放り出していたコンドームを自身につけた。

「きつかったら言ってくれ。やめてやれる保証はないが」

「……怖いこと言うなよ」

冗談だ、と入江は笑ったが、こちらを見下ろす目がぎらついている。セックスの最中、相手から期待を込めた目で見詰められることはあっても、こんな取って食われそうな目で凝視されるのは初めてだ。

体の芯がじりじりと熱くなる。たぶん今、期待も隠せない顔で相手を見ているのは自分の方だ。体に力が入らない。入江が腰を進めてきたときも、わずかに顎を反らすことしかできなかった。

「あ……ぁ、あ……っ」

押し開かれて呑み込まされる。内臓が押し上げられるようで息が詰まった。それなのに、こちらを見下ろす入江の目を見てしまったらもう駄目だ。奥歯を噛みしめた余裕のない顔に煽られて、腰の奥に熱が集まる。

「あ、ん、んん……っ」

苦しいのに、自ら手を伸ばして入江を抱き寄せてしまった。汗の浮いた背中に指を這わせると入江が息を詰める。間近にある入江の顔が赤い。短く弾んだ息が上から降ってきて、もっと欲しがってほしいと思った。

もっと近くで、もっと必死で、もっと奥まで来てほしい。

入江の背中に爪を立てるのと、奥まで突き上げられるのはほぼ同時だ。衝撃に声も出せなかった颯斗の唇を、入江が荒々しくふさいでくる。すがるように舌を伸ばせば、固く抱きしめられて音がするほど激しくキスをされた。

相変わらず、食べられるようなキスだ。熱い体にのしかかられ、夢中で唇を貪られると、痛いのも苦しいのもどうでもよくなって体が芯から溶けてしまう。

「あ……っ、ん、入江……っ、い、あっ」

キスの合間に溺れるように入江の名を呼ぶ。応じるように揺すり上げられて体がしなった。

慣れない刺激に体がついていかない。でもやめてほしくない。入江が夢中で自分を抱いている。

そう実感するだけで言い知れぬ満足感がひたひたと胸を満たす。

気持ちがいい、と思った。

痛みも苦しさも確かにあるが、好きな相手に隙間なく抱き寄せられて求められるのは、気持ちがいい。

されるがまま揺さぶられていたら、ふいに入江が颯斗の性器に触れてきて体が跳ねた。

「や……っ、めろ、触るな……っ」

「お前にも少しでも気持ちよくなってほしいんだ」

ゆるゆると扱かれ、腹の底から得体のしれない感覚が噴き上がってくる。未知のそれに怯え、颯斗は入江の体の下で身をよじらせた。

「や、あっ、あぁ……っ」

骨が鈍く軋むような痛みが遠ざかり、下半身がどろどろと溶けていく錯覚に襲われる。溶けた腹の底から顔を出したのは明確な快感で、颯斗は入江に取りすがって身を震わせた。

「やだ、や……っ、入江、ゆ、ゆっくり……！」

「してるが、そろそろ限界だ」

入江は額に汗をにじませ、薄く目を細める。

「気持ちよくなってきたか？」

「な……ってる！　なってるから！」

せめて性器を扱く手を止めてほしかったがその願いは届かず、代わりに耳朶にキスをされた。

「――俺もいい」

乱れた息の下から囁かれ、背筋がぞくぞくと震え上がった。肉体的な快楽もさることながら、入江も感じてくれているのだという歓喜で指の先まで痺れが走る。前触れのない大波のような絶頂に呑まれ、颯斗は喉をのけ反らせて精を吐き出した。

「……っ」

締めつけに引きずられたのか、入江も喉の奥で低く呻く。

薄暗い部屋に弾んだ息の音が響き、お互いぐったりとベッドに沈み込んでしばらく動けなかった。

少し呼吸が落ち着いてくると、入江がごろりと寝返りを打って颯斗の隣に身を横たえた。首を巡らせて入江の方を向けば暗がりの中で目が合う。

見つめ合うことしばし。颯斗が何か言うより先に、入江は颯斗を胸に抱き込んで、頬や髪にキスをしてきた。

要求を口にするまでもなかった。

よほど入江が聡いのか、それとも自分がわかりやすくねだるような顔をしていたのかはわからない。

気恥ずかしくなって入江の胸に顔を埋めた。入江は何も言わず、颯斗の後ろ頭を撫でてくる。何もかも、颯斗の望み通りに。

（……甘やかされてんなぁ）

甘やかしてくれと言ったのは自分だが、ここまでとは思わなかった。

骨抜きにされそうだ、と危ぶんだが、素肌から伝わる体温が心地よくてまともにものが考えられない。骨抜きにされるのも悪くないか、と思ったが最後、あっという間に瞼が重くなる。

そうして入江に抱きしめられたまま、颯斗は安穏とした眠りに落ちてしまったのだった。


颯斗は毎朝、目覚まし代わりに使っているスマートフォンのアラームで目を覚ます。しかし今朝颯斗を起こしたのは、『アイドルドリーム！』という威勢のいいタイトルコールだ。

壁を向いて眠っていた颯斗は背後から聞こえる音楽にしばし耳を傾け、ごそごそと寝返りを打った。

振り返った先には、全裸のまま腹這いになる入江がいた。

颯斗に気づいて「おはよう」と声を上げた入江はスマートフォンを操作している。画面に映っているのはタケルの姿だ。

寝起きの頭では情報が処理しきれず、颯斗は低く呻いてシーツに顔を埋める。好きな相手が裸で隣にいる状況が、夢なのか現実なのか判断がつかない。

昨日の出来事を反芻していると、頭に入江の手が置かれた。くしゃくしゃと髪を撫でられ、本当に甘やかされているな、と思ったところで状況を把握する。夢ではなくて現実だ。

昨日の痴態を思い出すと照れくさくて入江の顔を見られず、颯斗はシーツに顔を埋めたままぼそりと呟いた。

「……朝っぱらからアイドリか」

「ああ。この一週間まともにログインしてなかったから、タケルから鬼のようにメールが送られてきて……」

颯斗はもそもそと顔を上げる。入江はタケルのご機嫌を取るのに忙しいらしく、画面に視線を落としてこちらを見ない。しばらく待ったが一向にこちらを向かないので、つまらなくなって入江の足を軽く蹴った。

「俺、アイドリのタケルにも嫉妬するって昨日言ったはずだけど」

半分は冗談のつもりだったのだが、思ったよりも不貞腐れた声が出てしまった。これでは真に受けられてしまいかねない。

案の定、入江は素早くこちらを振り返るとスマートフォンを放り出して颯斗を抱き寄せてきた。

「悪かった。通知が来るとどうしても気になって」

「いや、別に、本気で言ったわけじゃ……」

言い訳しようとする唇を、入江がするりと指先で撫でる。

「アイドリはもう消すから許してくれ」

「え、えぇ？」

本気か、と思ったが、入江の顔は真剣だ。この場でアプリを消しかねない勢いに怯んで、颯斗はもそもそと布団の中にもぐりこんだ。

「いいよ、そんなことしたらタケルに恨まれそうだし……」

言うが早いか、布団の上から入江に抱きしめられた。その体が小さく震えている。笑っているらしい。

「な、なんだよ？」

「いや、最初はゲームのキャラなんて無機物だとか言ってた奴が、キャラに恨まれそうだなんて言うからちょっと感動して……」

「おっ、お前の思考がうつったんだよ！」

なおも笑いながら、入江は布団の上から颯斗の頭を撫でた。

「心配しなくてもお前が一番だよ」

颯斗は布団の中で唇を引き結ぶ。自分を一番にしてくれるのは嬉しいが、二番手や三番手が控えていると思うと面白くない。

颯斗は布団の中から顔を出さぬまま、くぐもった声で言った。

「俺、お前が思ってる以上に面倒くさいからな。後で嫌になったとか言うなよ」

「言わない。これでも一途なんだ」

知っている。知っているからこそ、うっかり別のものに目移りしないでほしい。

しばし黙り込んでから、颯斗はぼそりと呟いた。

「……ひとつ聞いていいか」

「なんだ？」

「俺と喋ってるとき、タケルからメールが来たらどうする？」

「タケルへの返信は後回しにする」

即答だ。そこで止めておけばいいものを、重ねて尋ねずにいられない。

「じゃあ、今突然目の前に日比谷健が現れたら？」

ありえない問答だったが、入江は呆れるどころか楽しそうに笑った。

「眺めて終わりだ。今は手が離せない」

そう言って、颯斗を強く抱きしめる。

「タケルにしろ日比谷健にしろ、お前に似てたから惹かれたんだ。目移りなんてしないよ」

声だけでも入江が目尻を下げて笑っているのがわかって、急に恥ずかしくなった。

こちらの望む回答を言わせてしまった自覚はある。甘ったれた自分を恥ずかしく思うのに、入江が機嫌よく颯斗を抱きしめて離さないので布団から顔を出すことすらできない。

布団の外では、アイドリの長閑(のどか)なバックグラウンドミュージックが流れ続けていた。

KERUTAKERUTAKE

これは愛の言葉

・・・・・・・・ KOREWA AINO KOTOBA ・・・・・ ★

アイドルドリーム、通称アイドリはスマートフォン向けアプリケーションゲームだ。ジャンルは育成恋愛シミュレーション。プレイヤーはキャラクターを立派なアイドルにすべく育てつつ、親密度も上げていくことができる。

アイドリはスマートフォンの時計やカレンダーと同期しており、日に何度かキャラクターからメールが届く。本当のメールアドレス宛ではなく、あくまでゲーム内のメールボックスに届くものだ。ポップアップで『メールが届きました』と表示されるので、ゲームにログインして確認する。祝日などはちょっと変わったメールがきたりする辺り、芸が細かい。

人通りの多い改札前で颯斗を待ちながら、入江はちらりとスマートフォンに目を落とす。タケルからメールが届いていた。

颯斗との待ち合わせ時間までにはまだ五分ほど余裕があり、改札前を見回してみても颯斗の姿は見えない。それを確認してからゲームにログインし、タケルからのメールを開いた。

『今日、海の日だって。海行きたいよなー。レッスンの後、ユウタたちと行こうかな』

ユウタというのはタケルが所属しているアイドルグループ『メルトシャワー』のメンバーだ。文章に目を通した入江はすぐにメールを返信する。と言っても、三つほどある選択肢の中から返答を選ぶだけなのだが。

入江がプレイしているのは女性向けのゲームなので、選択肢の口調も女性的だ。『楽しんできてね』『私も行きたかったな』『今日って海の日だっけ？』という選択肢をしばし眺め、『楽しんできてね』を選択した。これが一番自分の心情に近い。

「――そこは『私も行きたかったな』の方が好感度上がるんじゃないか？」

雑踏の中、ひと際くっきりと耳を打った声に驚いて振り返ると、いつのまにか後ろに颯斗が立っていた。背中に颯斗の胸がつくくらいの近距離だったが、真剣に選択肢を選んでいたので全く気づかなかった。

入江の肩越しにゲーム画面を覗き込んでいた颯斗が目を上げ、悪戯（いたずら）っぽく笑う。

明るい茶色の目を細めて笑う颯斗は、恋人の贔屓目（ひいきめ）を抜きにしても男前だ。今日は涼し気（げ）な紺（こん）のサマージャケットに白いカットソーを着て、細身のパンツを穿（は）いている。長身で甘い顔立ちの颯斗に似合う品のいい装（よそお）いで、すれ違う女性がちらりと颯斗を振り返る。

対する自分はデニムにTシャツ、足元はスニーカーなんて恰好（かっこう）で、もう少し改まった服装の方がよかったかと不安になった。

「攻略サイト見たか？　絶対そっちの選択肢の方が好感度上がるぞ」

颯斗に問われ、まさか、と首を横に振ってスマートフォンをデニムのポケットに押し込んだ。

「攻略記事を見るのは不誠実な気がする。それに、あの三択だったら『楽しんできて』しかないだろ。今日が海の日なのは俺だって知ってたし」

「そうは言っても、『一緒に行きたかった』って言われた方が好感度も上がるもんだろ？」

「それは佐伯（さえき）に対して失礼じゃないか。これからお前と買い物に行くのに」

今日は颯斗に誘われ、夏服を買いに行く予定だ。これから恋人と買い物に行くというときに、『私も行きたかったな』なんて選択肢は選べない。本心ではないからだ。

「こっちはこっちで楽しむつもりなんだから『楽しんできてね』が妥当じゃないか？」

真顔で答えると、颯斗がわずかに口ごもった。視線が泳いで、微妙に目を逸らされる。

「……いや、相手はゲームのキャラなんだから、そんな本気で答えるなよ」

「ゲームだろうがなんだろうが、嘘をつくのは気が引ける」

「いいのか、タケルより俺を選んで」

「タケルのことは好ましく思ってるが、お前に向ける感情とは違うからな……」

「だから真面目に答えるなって！　行くぞ！」

身を翻し、雑踏の中を大股で歩き出した颯斗の背中を追いかける。なかなかこちらを振り返ってくれないが、怒ったわけではないのだろう。ちらりと見える耳の端が赤い。照れているらしいが、今の会話の何が颯斗の琴線に触れたのかよくわからなかった。口説き文句を口にしたつもりもないのだが。

(佐伯なら、こういうときにさらりと凄い殺し文句が言えるんだろうな)

それこそ、お前と一緒にいたいんだ、他の誰でもなくお前を選ぶよ、なんていうような。自分が口にしたら寒々しくなるだろうセリフも、華やかな容姿の颯斗が言うと似合いそうだ。

(俺にはとても無理だな)

歩幅を広めて颯斗の隣に並ぶ。

言葉にしないまでも、ほとんど同じようなことを颯斗に言っていたことにはまったく気づいていなかった。


入江が颯斗とつき合い始めてからようやく数日。

今日は恋人になってから初めてのデートである。

同性とつき合った経験もなく、どんなふうに外で接すればいいのか少し悩んでいた入江だが、颯斗は全くの自然体だった。つき合う前と変わらず入江の隣を歩いて、他愛(たわい)のない会話に声を立てて笑う。周りの目を気にする様子もない。

駅ビルで夏物の服を買うときも、これが似合う、あれもいいと互いに服を見立て合った。褒(ほ)め上手の颯斗に乗せられ、普段は視線も止めない柄物(がらもの)のシャツを眺めていたら「その服絶対入江に似合う」と断言された。少し色が派手だったこともあり、着こなせる自信がなく棚に戻したシャツを、自分の会計と一緒に颯斗がさらりと買ってきたときには驚いた。「プレゼント」と笑う颯斗があまりにスマートで。

その後、テラス席のあるレストランで昼食を食べ、「入江も買い物があるならつき合うぞ」と言われたので書店に立ち寄り、天気も良かったので近くの公園をぶらぶらすることにした。

公園と言っても会社の近くにあるような小さなそれではなく、自然公園と言った方が近い。

広大な敷地の中にはボートの漕げる池や、軽食を売る売店などもあった。

祝日で、園内は親子連れの姿も多かった。木々の下にレジャーシートを広げて弁当など食べる姿も見受けられる。

ベンチが空いていたので腰掛けるとすぐに「ソフトクリームと飲み物、どっちがいい」と颯斗に尋ねられた。問われるまま「ソフトクリーム」と答えると、「わかった」とだけ言い残して颯斗は近くの売店へ行ってしまう。ついていこうと立ち上がりかけたが、見越したように「入江は席取っといてくれ」と言われて後を追うこともできなかった。

しばらくして、片手にソフトクリーム、もう一方の手にペットボトルの麦茶を持った颯斗が戻ってきた。

「バニラでよかった?」

「ああ、ありがとう」

入江にソフトクリームを手渡し、颯斗もベンチに腰掛けた。

公園内に生い茂る木々がベンチの下に影を作り、夏の日差しを遮ってくれる。風が池の上を渡り、水面に小さなさざ波が立った。心地の良い風を受け、美味そうに麦茶を飲む颯斗の横顔を見詰め、入江は密かに感じ入った溜息をついた。

(佐伯はモテるだろうな)

こんなアイドルみたいなきらきらした外見で、こんなにも気が回るのだ。

颯斗が営業部でいつも好成績をキープしている理由がわかった気がする。これだけ心を砕かれたら、多少扱いにくい顧客だってほだされるに違いない。

「入江、ソフトクリーム溶けてる」

颯斗に指摘されて我に返り、溶けかけたソフトクリームに慌ててかぶりついた。

公園内は木陰が多いのでだいぶ涼しいが、まだ日も落ち切らない園内は暑い。顎先から汗を滴らせながら黙々とソフトクリームを食べていたら、横から颯斗が身を乗り出してきた。

「俺も一口もらっていいか」

「ん、ああ……一口と言わず好きなだけ食ってくれ」

ソフトクリームを渡すと、代わりに麦茶の入ったペットボトルを手渡された。

「喉渇いてたら、それ飲み切っていいぞ」

半分ほど残った麦茶を受け取り、一口飲むつもりが一気に飲み干してしまった。

ソフトクリームは冷たくて美味いが、喉の渇きは癒やしてくれない。公園内を歩いているうちに随分汗をかいていたらしく、冷たい麦茶が体に染み入るようだった。

「麦茶、もう一本買って来ればよかったな」

笑いながらソフトクリームを食べる颯斗を見て、こいつはどこまで先を見越して動いているのだろうと思ってしまった。ソフトクリームだけでは入江の喉が渇くだろうと、敢えて自分は麦茶を買ってきたのか。こんなに気を遣って疲れないだろうか。それとも無意識の行動か。

「この後どうする？　夕飯にはまだちょっと早いか？」

バリバリとコーンを噛み砕く颯斗の横顔を惚れ惚れと眺めていた入江は、そうだな、とぼんやりした返事をした。

夏の日暮れは遅い。辺りはまだ明るく、公園内にも多くの人が残っている。

甘いものも食べたばかりだし、まだしばらくこうして颯斗の横顔に見惚れていたい気もした。公園を吹き渡る風がたまに颯斗の前髪をかき上げて、気持ちよさそうに目を細める表情に何度でも目を奪われる。

指先についたコーンのかすを払いながら、颯斗がのんびりと口を開いた。

「喫茶店とか寄ってちょっと休憩するか？」

「ん？　今だって休んでるだろ？」

「休憩するならもっとちゃんとした所の方が……」

颯斗は入江の足元へ視線を落とし、何かに気づいたような顔で眉を上げた。

「そうか、入江はヒール履いてないもんな。足とか痛くならないか」

一瞬言われた意味がわからず、一拍置いてから、ああ、と納得した。

女性は踵の高い靴を履くことが多い。以前入江がつき合っていた彼女も、一日中歩き回ると足が痛くなると言っていた気がする。しかしどう思い返しても、自分はヒールの高い靴を履いた恋人のため、デート中に休憩を挟もうと申し出たことがない。そこまで気が回らなかったからだ。

颯斗はそういうことにすんなり気がつくタイプなのかもしれないが、ここまで来るともはや接待に近い。自分ばかりお膳立てしてもらって、颯斗はちゃんとデートを楽しめているのだろうか。考え込んでいたら、颯斗がそっとこちらの顔を覗き込んできた。

「……ごめん、気を悪くしたか？」

急に謝られて驚いた。なぜ、と問い返すと、居心地悪そうに肩を竦められる。

「前の彼女の話とか出すのは無神経だったかな、と思って……」

いや、と言ったきり黙り込んでしまった。

前につき合っていた恋人の話をされたことよりも、相手に嫌な思いをさせたのではと気づいた時点ですぐに謝罪をしてくれる颯斗の心遣いに衝撃を受けた。自分が逆の立場なら、素早く相手の顔色を読んで謝罪をする、などという芸当ができるだろうか。おそらくできない。

思わず片手で顔を覆うと、颯斗が慌てたように背中に手を添えてきた。

「ごめんって！　俺が悪かった」

「いや、違う……佐伯は何も悪くない。ただ、ちょっと不安になってきただけだ」

「何が？」

入江は自身の膝に肘をつくと、片手で口元を覆ったままぼそりと呟いた。

「いつかお前と、喧嘩ができるだろうか、と……」

颯斗はきょとんとした顔で「そりゃするだろ」と言った。

「一緒にいれば、そのうち嫌でもするようになると思うけど」

「本当か？　これまでつき合った彼女と喧嘩したことあるか？」

「あるよ、そりゃ」

「相手から一方的に喧嘩を吹っ掛けられたとかじゃなく、お前自身が怒ってか？」

颯斗の目が少しだけ揺れた。即答できなかった時点で否定したも同然だ。まだ答えに迷っている様子の颯斗を見て苦笑を漏らす。

「お前は不満があっても全部呑み込みそうだからな。もしも気に入らないことがあったら言ってくれ。俺はお前と違って、あんまり気が回らないから」

「そんなことないだろ」

「あるよ。今日だって俺はなんの計画もしてなかったし」

「買い物来るだけなんだから、俺だって計画らしい計画なんて立ててないぞ」

困惑したような顔をする颯斗を見遣り、そうかな、と思う。昼食に入った店も事前に目星をつけておいてくれたようだし、今日のデートコースが完全に行き当たりばったりだったとはとても思えないのだが。

入江はベンチに座り直すと、改めて颯斗を見て「お前は凄いな」と呟いた。

「俺なんてお前と一緒に出掛けられることに浮かれて何も考えてなかったのに。佐伯は仕事だけじゃなく、プライベートでも人を喜ばせるのが上手いんだな。その分、お前が疲れてないか心配ではあるが」

　颯斗が急にこちらを見てくれなくなった。頬に赤みが差したように見えたが、木々の間から斜めに射し込む夕日がその横顔を照らしているせいで、光の加減か、照れているのか判断がつかない。

「佐伯もちょっとは我儘言ってくれ。俺ばっかり楽しくて申し訳ない」

　本気で口にしたのだが、颯斗は俯いて両手で顔を覆ってしまった。大きく肩を上下させ、溜息交じりにくぐもった声で言う。

「……お前がそんなことばっか言うから、我儘なんて言ってる暇がない」

「そんなことって……褒めてるだけだろう」

「それが嬉しいんだよ」

　颯斗は何をするにもそつがないのに、なぜか他人から褒められることに慣れていない。軽々となんでもこなしてしまうので、できて当然、と周囲から思われているせいもあるだろう。

　颯斗が指の隙間からちらりとこちらを見る。と思ったら、消え入りそうな声で囁かれた。

「……家に帰ったら、甘やかしてくれ」

　目元に羞恥を滲ませながら、子供のようなことを言う。

　颯斗がこんなことを言うなんて、会社の同僚たちが聞いたらさぞ驚くに違いない。颯斗は誰かのミスをフォローしたり、周囲を盛り立てたりする役割を負うことが多いから。他人から頼られるばかりで、弱音を吐くことすら稀だ。

完璧な笑顔と、隙のない応対。きっと歴代の彼女の前でもそうだったのだろう。

そんな颯斗が、自分の前でだけ不器用に甘えてくるのが嬉しい。我儘とも言えない言葉を聞き出して、際限もなく甘やかしてやりたくなる。

今も、甘ったれたことを言ってしまった自分を恥じるように両手で顔を隠した颯斗に、入江は目を細めて「喜んで」と返した。


公園のベンチで他愛もない会話を重ねていたら夏の長日もゆっくり暮れ、いつの間にか辺りが夕闇に染まり始めていた。そろそろ飲みに行こうとベンチを立って、再び駅の方へ戻る。

祝日の街は混み合って、どことなく浮かれた雰囲気だ。

行きかう人の流れに乗って、携帯ショップの前を通りかかったとき、それまでまっすぐ前を見ていた颯斗の目が何かに吸い寄せられるように動いて、歩調がわずかに鈍った。

入江も颯斗の視線の先を追う。どうやら颯斗は、携帯ショップの入り口にかけられた大きなタペストリーを見ているようだ。タペストリーには、携帯電話会社のマスコットキャラクターだろう青いウサギが描かれている。

店の前を通り過ぎてもなお視線をそちらに向けていた颯斗が、ようやく顔を前に戻した。少し開いた入江との距離を詰めるように小走りになって、なあ、と入江の袖を引く。

「あの会社のキャラクターって、前はハニワじゃなかったか？」

入江も店を振り返り、社名を確認して小さく頷いた。

「そうだな。大中小のハニワを三体並べて『電波が三本立っている！』なんてコマーシャルやってたな」

「だよな？　最近あのＣＭ見なくなって忘れかけてたけど、やっぱりハニワだったよな？　いつのまにキャラ変わったんだろう。あのイカれたＣＭ好きだったんだけどなぁ。なんでハニワなんだよって高校の友達と大笑いしてたのに」

「インパクトはあったけどな」

夜道を歩きながら、「だよな」と颯斗は懐かしそうに目を細める。

「佐伯はいつから携帯持ち始めたんだ？」

「高校入ってすぐ。あの頃はまだガラケーだったよなー。スマホと違ってメールと電話くらいしかしてなかったけど、嬉しくって友達とメールばっかりしてたな」

「俺はなかなかメールのアドレスが決まらなかった」

颯斗が嬉しそうに「俺も！」と声を高くする。

「どんなアドレスにするか悩んだのもそうだけど、いざ決めようとしたら『そのアドレスはもう使われてます』みたいなエラーばっかり出た。困ってたら、友達に数字入れろってアドバイスされたっけ」

「誕生日とか？」

「そうそう。周りの友達もみんな自分の誕生日とか入れてた。適当な語呂合わせとか」

入江が初めて携帯電話を持ったのも、颯斗と同じく高校生のときだ。ショップで買った携帯電話には、今や見かけなくなった分厚（ぶあつ）い取扱説明書と、販促用のハニワのマスコットがついた携帯ストラップが同梱されていた。入江はなんのこだわりもなくそのストラップを使っていたし、探せば今も実家のどこかにあるかもしれない。

目も口も丸くしたハニワの顔を思い出し、しみじみと呟く。

「あのハニワの、どこを見ているんだかわからない真っ黒な目が好きだったな……」

「そうだな、ぽかんとした顔してな。あのわけわかんないノリが好きだったんだけど、いよいよ大衆向けの愛くるしいウサギと交代か」

店頭のタペストリーに堂々と翻る青いウサギを思い出す。目のつぶらな、全体的に丸みを帯びたフォルムのウサギだった。なるほどあれなら老若男女にまんべんなく好感を持たれるだろう。少なくとも、どこを見ているのかわからないハニワよりは反応もいいはずだ。

けれど入江は考えずにいられない。

「あのハニワ……十年以上携帯会社のマスコットキャラクターを任されてたのに、降板（こうばん）させられて何を思うんだろうな」

思ったよりも深刻な口調になってしまったらしく、隣を歩いていた颯斗が、またか、と言いたげに天を仰ぐ。

「お前、店頭から消えたマスコットキャラの心情まで想像するのか……」

「しないで済むならそれに越したことはないんだが」

自分でも詮無い想像だとは思う。俳優やアイドルの引退とはわけが違うのだ。ハニワはただのマスコットキャラクターであって、人格はない。

それでもやっぱり想像してしまう。自分の代わりにあの青いウサギがマスコットキャラクターになると知った瞬間のハニワの心境を。今はもう、店頭から一掃されているハニワたちの行く末を。

「……店頭から消えても、どこかにあのハニワが残るといいんだけどな」

しんみりと呟いたら、颯斗に軽く背中を叩かれた。

「携帯会社のマスコットが変わったくらいでそんなに落ち込んでて大丈夫かよ。アイドリのタケルがゲームを卒業なんてしたらお前、寝込みかねないぞ」

「それは……どうだろうな。ストーリーの展開によるんじゃないか。タケルがアイドルを辞めて新しい夢に向かってひた走るなら、寝込むよりもちゃんと応援したい」

「本当にお前は、ファンの鑑だな」

苦笑した颯斗にもう一度背中を叩かれた。

そうだ。ファンだ。だから最後まで見届けたい。ゲームの中でキャラクターたちがどんな選択をして、どんな結末を迎えたとしても。

アイドリの最終目標は、推しの所属するグループが武道館で単独コンサートをすることだ。今のところゲームは六章まで配信されているが、ストーリーを見る限りまだまだ武道館への道のりは遠い。

「時期的には、そろそろ新章がスタートする頃なんだが」

「お、いよいよ武道館に行けるかな。課金とかすんの？」

「金で解決するのはなぁ……」

「相変わらず潔癖だな。運営は喜ぶぞ？」

颯斗とデートをしながらそんなことを言い合って笑っていたあの晩が懐かしい。アイドリが今後どんな展開を迎えるか無邪気に想像していたあの日、どうして予想ができただろう。

それから一週間も経たずして、アイドルドリームのサービス終了が決定するなんて。

アイドルドリームに出てくるキャラクターは、すべて実在するアイドルたちがモデルになっている。入江が推しているタケルも、メルトシャワーというグループに所属している日比谷健がモデルだ。

実在の人物をキャラクター化しているが、改めてゲームのキャラクターが本人たちに似ているかと問われると答えに迷う。ほくろの位置が同じだとか、デビュー当時の宣材写真に髪型が似ているとかその程度で、参考程度と言った方が正しいかもしれない。

ついでに言うと、キャラクターの性格も本人と似ていない場合が多い。タケルもそうだ。

現実の日比谷健は、バラエティ番組でも元気いっぱい跳ね回り、屈託(くったく)のない態度で朗(ほが)らかに笑う。司会者がちょっと意地悪な質問をぶつけてきても、からりと笑って頓着(とんちゃく)なく受け答えするところがファンからも人気だ。

しかしゲーム内のタケルは違う。颯斗に言わせると、タケルは「面倒くさい」の一言に尽きるらしい。

ゲームのログインが滞(とどこお)るだけでタケルは「もう俺に興味なくなったんだ？」と絡(から)んでくるし、メールの返信が遅れると「俺より大事な用でもあったわけ？」とへそを曲げる。気に入らないプレゼントは受け取ってもらえないし、下手をすると大幅に好感度が下がった。タケルいわく「ちゃんと俺のこと見てたら、こんなもの贈ってこないと思うけど？」だそうだ。

颯斗は「よくこんなキャラ攻略しようと思ったな……？」と心底不可解そうな顔をするが、タケルファンの入江は知っている。タケルがアイドルとして大成(たいせい)すべく、陰日向(かげひなた)なく努力していることを。メンバーに対しても、プレイヤーに対してさえ少し厳しい口調になってしまうのは、その真面目さゆえであることも。

なかなか素直になれないタケルの性格も、入江にとっては好ましかった。ちょっと反応が遅れただけでねちねちと嫌味を言ってくるのは、淋しさと不安の裏返しではないか、などと想像するとますます放っておけなくなってしまう。

とにもかくにも、タケルとそのモデルである日比谷健の性格はこれほどにかけ離れている。ゲームのキャラクターが実在のアイドルに似すぎていたらそれはそれで問題もあるのだろう。ストーリーの進行上、同じグループのメンバーと仲違いをすることもあるのだ。現実のメンバーとの不仲説など浮上しては問題なので、わざとモデルとキャラクターの言動に差をつけていた可能性もある。

しかし実在のアイドルを追いかけているファンからは不満が続出したらしい。特にタケルは日比谷健本人とのキャラクターにギャップがありすぎて、新しい章に突入するたび、運営は日比谷健ファンからかなり叩かれていたようだ。

他のキャラクターも似たり寄ったりで、それが直接の原因かはわからないが、アイドリは配信開始から約一年でサービスを終了することになった。

改めてネットのまとめサイトを読んだ入江は、会社の机に肘をつき、深く項垂れて両手で顔を覆った。朝からずっとこんな調子で、今日は本当に仕事が手につかない。

アイドリがサービスを終了するという一報が届いたのは昨日の深夜。正確には、日付が変わって間もない時間帯だ。珍しく妹から電話がかかってきたので何事かと思ったら、『お兄ちゃん、アイドリ終わるって！』という悲痛な声が耳を打った。

ほとんど絶叫に近い声に驚いて、何を言われたのか一瞬わからなかった。

電話の向こうで箍が外れたように妹が泣き出して、何かの間違いではと慌ててゲームの公式サイトに飛んだ。

そこには、『アプリケーションサービスアイドルドリームは、八月二十八日をもって終了いたします』と、確かにそう明記されていた。

サービス終了までもう一ヵ月程度しかない。信じられなかった。つい先日までアイドリのアニメもテレビで放送していたのに。唐突な終了宣言を呑み込めず、妹を慰めるのも忘れてしばらく画面を凝視してしまったくらいだ。

衝撃が大きすぎてほとんど眠れず、なんとか出社はしたものの朝からずっとこの体たらくだ。下手に動くと、胸の内からあらゆる感情が溢れてこぼれて、社会人としての体面を保っていられなくなりそうだった。

アニメの視聴率が振るわなかったのか、あるいはゲームでは思ったより採算が取れなかったのか、詳しい理由は不明だが、リリースから一年でアイドリは終了する。

終わるなら終わるで、エンディング的な新ストーリーでも用意されていればまだよかった。しかし公式サイトを見た限り新章を配信する予定もないらしく、あとは淡々とサービス終了の日を迎えるばかりのようだ。

（タケルたちが、こんな志半ばで姿を消すなんて……）

そうだ、消えるのだ、文字通り。アプリケーションサービスが終了すれば、これまで集めてきたイベントスチルも、タケルから届いたメールの数々もすべて消えてしまう。

そして何より、この先にあるはずだったタケルたちの物語も永遠に紡がれなくなる。彼らがあれほど熱望していた武道館に、誰一人到達することはできないのだ。

せめて最後に、これまで応援してきたアイドルたちが武道館に行けるようなイベントを作ってほしかった。もうそんなイベントを作るだけの余力も運営には残っていないのか。課金をしてゲームを進めるのは誠意がないと思っていたが、運営のことを考えるならもっと課金すべきだったのか。後悔の念に苛まれる。

（……俺の考えが間違っていたんだろうか）

刻一刻と昼休みの残り時間は減っていくが、椅子から立ち上がることもできない。両手で顔を覆って項垂れていると、後ろからそっと肩を叩かれた。

「入江……そろそろ昼休み終わるぞ」

控えめに声をかけてきてくれたのは颯斗だ。

颯斗はアイドリがサービス終了することを知っている。昨日の夜、アイドリが終わると知った入江が、呆然自失の状態で颯斗に連絡を入れたからだ。

颯斗はすでにアイドリをアンインストールしているし、こんな話を聞かされても困惑させてしまうだけだろうと思ったが、それでも電話をかける手が止まらなかった。声が聞きたいと思ってしまった。

電話を受けた颯斗は事情を聞くと、まるで自分自身がアイドリの重度プレイヤーであるかのように息を呑み、本心から入江を案じた様子で『気をしっかり持て』と言ってくれた。必要なら今すぐ入江の部屋に駆けつけるのも厭（いと）わない様子で、終電を過ぎていなければ、情けなくも部屋に呼んでしまっていたかもしれない。

今も颯斗は心配そうな表情で入江の顔を覗き込み、机の上にそっとコンビニの袋を置いた。

「食事をする気分じゃないだろうけど、何か腹に入れておいた方がいいぞ」

昼休みの時間を割（さ）いてわざわざ買ってきてくれたのだろう。袋の中にはサンドイッチと、パウチに入ったゼリーが入っていた。ついでに会社のコーヒーサーバーで淹（い）れてきたのだろうコーヒーも差し出される。

「事務所は結構クーラーが効いてるから、温かいものもとった方がいい」

入江は力なく顔を上げて颯斗へ目を向ける。

アイドリにさしたる思い入れのない颯斗から見れば、サービス終了程度でこんなに落ち込んでいる自分は滑稽（こっけい）にしか見えないだろう。だが颯斗は、入江の落ち込む理由を決してくだらないとは言わない。

最初からそうだった。いい年の男がアイドルの追っかけをしているのに、颯斗はそれを否定しなかったし、笑わなかった。むしろメルトシャワーやタケルに夢中になる自分を見て、楽しそうに目を細めていた。

相手の趣味嗜好を大らかに受け止めることは、案外難しい。入江の両親でさえ、妹と一緒に男性アイドルのコンサートへ向かう息子を心配そうな顔で見詰めているというのに。

いい男だな、と思った。恋愛感情を抜きにしても、人として颯斗のことが好きだと、しみじみ思う。

颯斗の顔を見たら少しだけ虚脱感が薄れた。いつまでも落ち込んでばかりいられない。ありがとう、と心の底から礼を述べ、コンビニの袋からサンドイッチを取り出した。

もそもそとサンドイッチを食べていたら、颯斗がちらちらと周りを気にし始めた。近くの席に誰もいないことを確認して、小声で入江に話しかけてくる。

「入江、今週の土曜は出社だから、月曜は休みだよな?」

「ん、そうだな……」

「俺も月曜休みなんだけど……よかったらちょっと出かけないか?」

控えめな提案は、どうやら自分を励まそうとしてくれているらしい。その心遣いが嬉しくて、昨日の夜から完全に仕事を放棄していた表情筋が久しぶりに動いた。自分でも、目尻に微かな笑い皺が浮かんだのがわかる。

「うん、いいな。どこ行こうか。この前は全部お前に行き先を任せたから、今回は俺が……」

「あ、いや、実はもう行き先の目星はついてるんだ。ただ、もしかしたら入江は今、あんまり行きたくない場所かもしれないんだけど……」

いつもてきぱきとよどみなく話を進める颯斗にしては歯切れが悪い。どこに行きたいのだと尋ねると、少し迷うような表情を浮かべたあと、潜めた声で返された。

「アイドリの、コラボカフェ」

「え……」

「今月から新宿でやってるだろ？　あれ、もう行ったか？」

「いや、まだ行ってない、けど……」

七月の前半は海の家でアイドリのイベントをやっていたので、まだコラボカフェまで手が回っていなかった。しかし、なぜ颯斗がそんなことを知っているのだろう。

こちらが尋ねるまでもなく、颯斗は「調べた」と真顔で言う。

「昨日の電話でお前があんまり落ち込んでたから。何か元気づけられないかなぁと思って。ネットでアイドリのこと検索したらコラボカフェやってるみたいだったから、よかったら一緒に行こうかな、と。でも、昨日の今日でまだ心の整理がついてないなら、別の場所でも……」

「いや、行きたい」

食い気味に本音を口走っていた。たとえサービスが終了すると決まっても――否、決まったからこそ、アイドリの最後のイベントには漏れなく参加しておきたい。

入江の顔にやる気がみなぎったのを見て取ったのか、颯斗がホッとしたような顔で笑う。

「じゃあ、行こう。ちなみに俺、コラボカフェって行くの初めてなんだけど、事前に予約とか必要なんだよな？」

「ああ、当日席もあるが予約しておいた方が確実だと思う。たぶん、一週間前からネットで予約できるはずだ」

「だよな。よし、予約は俺に任せろ。土日はさすがにすぐ予約が埋まるけど、平日は結構余裕あるみたいだし。時間帯はどうする？　がっつり目のメニュー多かったけど、昼時にするか？　それとも昼と夜二回くらい行く感じ？　あれだろ、入場時にもらえるステッカーとか、フードと一緒に買えるラバーストラップとか、ほとんどランダムなんだろ？　一発でタケルが出るとも限らないし、せめて二回くらい行っといたほうがいいんじゃないか？」

あまりにも慣れた調子だったので、うっかり止めるのも忘れて聞き入ってしまった。どうする？　と問いかけられ、目を瞬かせる。

「……佐伯、コラボカフェ行くの初めてなんだよな？」

「ああ、こういうイベントがあるのも知らなかった」

「その割には、やけに詳しいな……？」

なぜ、と尋ねると、照れくさそうな顔で笑われた。

「これも昨日調べたんだよ。お前のこと、なんか元気づけられればいいなと思って」

「わざわざ……？」

大したことじゃないだろ、と颯斗は苦笑したが、入江は胸の深いところまで手を入れられ、心の奥の確実に弱いところをがっしりと掴まれたような気分になる。自分を励まそうとあれこれ計画を立ててもらえるのが、こんなに嬉しいことだとは。

耐え切れず、両手で顔を覆ってしまった。そのまま俯けば、颯斗が慌てたように肩に手を置いてくる。

「おい、大丈夫か。やっぱりこのタイミングでコラボカフェとか刺激が強すぎたか？　無理しなくても……」

いや、と首を横に振り、掌の下から溜息とともに呟いた。

「俺の彼氏がいい男すぎる……」

一瞬の沈黙の後、勢いよく背中を叩かれた。

「ば……っ、馬鹿！　会社でそういうこと言うな！」

指の隙間から見た颯斗の顔は真っ赤で、入江は声を潜めて笑う。

アイドリのサービスが終了すると知ってから、初めて漏れた笑い声だった。

コラボカフェという言葉自体は以前から知っていたが、アイドリにはまらなければ一生足を向けることはなかっただろう、と入江は思う。もともとアニメやゲームにそこまで詳しかった訳でもない。初めて店を訪れたときは妹に腕を引かれ、おっかなびっくり入店した。

コラボカフェとは、アニメやゲームといったコンテンツとカフェがコラボレーションした企画のことだ。コラボ期間中は店頭でコラボ限定グッズが買えたり、キャラクターに関連した料理を注文できたりする。

今回、アイドリのコラボカフェは『For M』と『For W』の二店舗に分かれて開催されていた。入江の目当ては無論『For W』だ。

新宿駅から歩くこと十数分。車道の両側に林立するビルをいくつも通り過ぎた先にある、うっかりすると素通りしてしまいそうなごくありふれた雑居ビルの五階でコラボカフェは開催されていた。

開店直後の十一時に入れるよう事前に予約をしていたものの、つづら折りの細い階段にはすでにコラボカフェの開店を待つ客が列をなしていた。入江と颯斗も列の最後尾に加わったが、並んでいるのは女性ばかりだ。前後に並ぶ女性からときどき視線が飛んできて、同じ視線にさらされる颯斗に対して申し訳ない気分になる。

しばらくすると列が進んで、ようやく店に入ることができた。

ソファー席とテーブル席がバランスよく配置された店内は明るく、広々としている。フロアの奥にはバーカウンターもあった。普段はハワイアンカフェとして営業している店だが、たまにゲームやアニメとコラボをしているらしい。店の一角にはアイドリのグッズも並んでいる。

「やっぱり男二人だと目立つな」

颯斗と相向かいにテーブルについた入江は無意識に声を潜めて呟いた。颯斗もさすがに肩身の狭い思いをしているのではと思ったが、こちらは興味津々で店内を見回している。店の入り口にずらりと並ぶキャラの等身大パネルや、所狭しと壁に貼られた大型ポスター、店内のテレビから流れるアイドリのアニメを眺めるのに忙しく、周囲から飛んでくる視線など気にしている余裕もなさそうだ。

「いつもは妹とか、その友達と一緒だからまだましだったんだが……」

「妹さんだけじゃなく、友達とまで仲いいのか？」

「仲がいいって程じゃないが……」

「一緒にコラボカフェ来たんだろ？　十分仲いいよ。相変わらず入江の交友範囲は広いな」

言いながら、颯斗はいそいそとメニューを広げる。颯斗はアイドリにさほど興味がないだろうに、意外と楽しそうにしてくれているのでホッとした。

今日の颯斗は半袖のシャツにカーゴパンツを合わせている。会社で見るよりラフな格好だ。確か、以前海辺のアイドリイベントに行ったときも同じ服を着ていた。

「やっぱりその格好、タケルにちょっと似てるな」

改めて告げると、メニューに視線を落とした颯斗に「まあな」と笑われた。

「タケルコーデを意識したから」

「意識してたのか」

「ファンでもないのにコラボカフェに来たら『ファンじゃない奴は帰れ！』って石を投げられそうだったから、せめて服装だけでもアイドリファンっぽくしようかと」

「それはさすがに偏見だ。別にファンじゃなくても来ていいんだぞ」

「いや、それはまぁ冗談なんだけど」

颯斗は顔をメニューに向けたまま、視線だけこちらに向けて緩く笑う。

「半分は対抗心」

「対抗？　何に？」

「タケルに決まってんだろ」

さらりと言われて目を丸くした。

いつもは入江がタケルを構い倒していても微笑ましく見守っているだけなのに、急にそんな対抗心を見せてくるとは。

うっかり颯斗の笑顔に見惚れていたら、テーブルの上に置いていたスマートフォンが短く震えた。タケルからメールが来たようだ。

さすがにすぐに動けなかった。このタイミングで、颯斗を前にしてタケルにメールを返すのは気が引ける。

そう思う一方、タケルから返信を待たれている気分になってそわそわしてしまうのも事実だ。そんな胸の内を悟られまいと不自然なくらいスマートフォンに視線を向けないようにしていたら、耐え切れなくなったように颯斗が噴き出した。

「浮気してるみたいな反応するなよ」

「浮気じゃない、タケルに恋愛感情は抱いてない」

「馬鹿、声がデカい」

うっかり声に力が入り、近くの席にいた客の視線を引き寄せる羽目になったが、颯斗はおかしそうに笑っている。それでもなお迷っていると、颯斗がゆったりとメニューの端を叩いた。

「いいよ、こうして一緒に飯食ってるのは俺なんだから。メールぐらい返信してやれって。タケルがかわいそうだ」

そう言って、目を伏せて微笑んだ颯斗の表情は慈悲深くすらある。そんなことを思ったが、次の瞬間颯斗の表情が一転して、好戦的な笑みが口元に浮かんだ。

「本命の余裕ってやつだな」

「だから浮気じゃないって言ってるだろう……！」

焦る入江を笑い飛ばし、颯斗はメニューの中央に指を滑らせた。

「とりあえず注文しよう。俺はオムライスとパスタを頼む。あとジュース、食後にコーヒー」

「ず、随分頼むんだな？」

「だってフード一つにつきラバーストラップが一つ買えるんだろ？　コースターは飲み物一杯につき一枚だっけ？　全部ランダムだから、欲しいものが出るまでフードファイトするのが必須ってネットで見た」

「だからってお前が無理する必要ないだろ。単価も高いし」

「安心しろ、金は下ろしてきたし朝飯も抜いてきた」

心強いにも程がある。

アイドリのファンでもない颯斗がここまで本気になってくれたのだ。ならばこちらも遠慮はやめよう。どうあってもタケルのコラボグッズが欲しいのは本当だし、フードファイトも上等だ。

是が非でもタケルのグッズを手に入れるべく、入江もハンバーグセットとサンドイッチとパンケーキと飲み物二種類を注文した。

アイドリは攻略キャラクターの多いゲームだ。ゲームに現れるアイドルグループは『For W』だけでも五組。各グループに五人から八人のメンバーがいるので、登場キャラクターは攻略対象だけでも総勢三十四人に上（のぼ）る。

フード一つにつき購入可能なラバーストラップも、飲み物についてくるコースターも、予約券と引き換えにもらえるステッカーもそれぞれ三十四種類が用意されているため、目当ての

キャラクターが手元に来る可能性は相当に低い。

入江たちは五種類のラバーストラップと四種類のコースター、さらに二種類のステッカーを入手したものの、タケルが描かれたグッズを引き当てることはできなかった。

残念ではあったが、グッズコーナーでアクリルスタンドやクリアファイル、マグカップなどをしこたま購入できたのでそれなりに満足していたのだが、颯斗は違った。

店を出るなり「実は十八時半からの最終回も予約してある」と颯斗は言って、夜もコラボカフェで食事をすることになった。さすがに二回もつき合わせるのは申し訳ないと思ったが、颯斗は気にした様子もなくロコモコプレートとパスタとアップルパイとコーヒーを二杯注文していた。その熱意を無駄にしたくない一心で入江も同量の食事を頼んだが、健闘も虚しく今回もタケルのグッズを引き当てることはできなかった。

運ばれてきた料理をすべて食べ終えた颯斗は、心底悔しそうな顔でテーブルに拳をついた。

「駄目だったかー！　もう一品ぐらいデザート注文するか？」

そう言ってメニューを開こうとする颯斗を苦笑交じりに止める。

「さすがにもう食べられないだろ。無理するな」

「だったら、周りの人に交換とかお願いしてみるか？　もしかしたらタケルのグッズがダブってる人とかいるかもしれないし」

「妹たちが一緒のときはそういうこともできたけどな。男二人でそれをやると、ナンパか何かと勘違いされそうだ」

それもそうか、と颯斗は肩を落とす。女性が大半を占める店内で、ただでさえ自分たちは浮いているのだ。これ以上目立つ行動に出る勇気もない。

ようやくメニューから手を引いた颯斗が、気づかわし気にこちらを見る。

「いいのか、タケルが出てないのに」

いいよ、と入江は目を細めた。

「最後のコラボカフェ、お前と一緒に来られてよかった。楽しかったから十分だ」

颯斗はコーヒーを飲みながら、本当か？　とカップの縁から目を覗かせた。

「俺、アイドリやってたとはいえ『For M』しかプレイしてないし、メルトシャワーのこともよく知らないし……あんまりアイドリの話で盛り上がれなかったけど、楽しかったか？」

颯斗が近くのテーブルをちらりと見る。斜め後ろのテーブルを囲んでいるのは四人組の女性グループで、アイドリのサービス終了を嘆いたり、これまでのイベントについて語ったりと間断なくお喋りを続けているようだ。

「俺相手じゃファン同士の語らいとかできなかっただろ？」

案じるような顔で言われてしまい眉を上げる。

本当に、颯斗はどこまで相手のことを考えているのだろう。こちらはむしろ、颯斗を趣味につき合わせ、自分ばかり楽しんでしまって申し訳ないとさえ思っていたのに。

入江はじっと颯斗の顔を見詰める。その視線に気づいたのか、颯斗もカップをソーサーに戻した。

「佐伯は初めてのコラボカフェ、どうだった？　アイドリに興味がないと退屈だったんじゃないか？」

「全然。『For W』はやってないけどタケルのことは知ってるし、モデルになったメルトシャワーもわかるから十分面白かった。こういうイベントも初めてで楽しかったし」

そう答える颯斗の笑顔は和（なご）やかで、どうやら本心からコラボカフェを楽しんでくれたらしい。

「だったらよかった。俺も楽しかったよ」

「タケルのグッズも出なかったのに？」

「目当てのグッズは手に入らなかったけど、佐伯と一緒だから楽しかった」

颯斗の顔からすっと笑みが消える。と思ったら、その頬にじわりと朱（しゅ）が滲（にじ）んだ。不自然に目を逸（そ）らされ、入江は一層（いっそう）笑みを深くする。

アイドリの話ができなくても、颯斗と一緒なら話題は他にいくらでもある。二人で食事をして、そわそわしながらグッズの袋を開け、「タケルじゃない」「でもメルトシャワーのメンバーだ」と大騒ぎするのは掛（か）け値（ね）なしに楽しかった。

「今日はつき合ってくれてありがとう。本当に、楽しかった」

改めて礼を言うと、目を逸らされたまま「うん」と返された。照れているらしい。

「……その、じゃあ、ちょっとは立ち直ったか？　アイドリ、終わるけど……」

　まるで傷口に触れるかのような慎重さでそっと尋ねられ、痛いよりもくすぐったい気分になった。

「そうだな。これまで毎日届いてたタケルからのメールがなくなると思うと、淋しくはなるけどな。あれだけ武道館に行きたがってたタケルたちが、あんな中途半端な状態で終わるなんて無念な気持ちもあるけど、これぱっかりは仕方ない」

　正直なことを言うと、アイドリが終わった後の淋しさより、サービスが終了するまでの残り一ヵ月弱を、タケルとともに過ごすことの方が今は辛かった。

　ゲームの中のキャラクターたちはもうすぐサービスが終了することなど知るよしもなく、いつか自分たちも武道館に行けると信じて日々トレーニングをしたり、ステージに上がったりしているのだ。その夢が叶わないと知りながらも、これまで通りタケルたちに声をかけ続けなければいけないのは、相手をだましているようでなんとも居心地が悪い。

　ならばサービスの終了を待たずアプリを消してしまえばいいのかもしれないが、それもできない。ゲーム内にいるキャラクターたちごと、その世界を壊してしまうようで。

　架空（かくう）の世界に心が引きずられる。こんなことを考えていてはまた颯斗に呆れられてしまうだろうか。あまり深刻な顔をしていては余計な心配までさせてしまいそうで、努（つと）めてなんでもない口調で「もう大丈夫だ」と言おうとしたが、颯斗に先を越されてしまった。

「アイドリのサービス終了って、今月の二十八日だよな？」

「ん？　ああ、そうだな。もう月が変わったから、今月だな」

「あのさ、その日なんだけど――……」

真剣な表情で颯斗が何か言いかけたそのとき、テーブルの上に置いていたスマートフォンが小さく震えた。

またタケルからメールでも届いたかと思ったが、ディスプレイには『入江　結花』と表示されている。妹からの電話だ。

身内より颯斗を優先させるべきだろうと視線を前に戻したが、颯斗は着信が気になるようで、おい、とスマートフォンを指し示す。

「電話かかってきてるぞ」

「ああ、妹から。後でかけ直すから気にしないでくれ」

「いやいや、ずっと鳴ってるし、緊急の要件かもしれないだろ？　出たほうがいい」

促されて、ためらいながらも電話に出た。店内なので声を潜めて「もしもし」と応じた途端、電話の向こうから『お兄ちゃぁあん！』という絶叫が響いてきた。

スピーカーモードにしていたわけではないが、声は向かいに座る颯斗の耳にも届いたらしい。目を丸くする颯斗に片手を立てて詫び、「出先なんだ」と短く告げた。

『あ……そう……そっか、ごめん……。じゃあ……』

威勢がよかった第一声から一転、結花は声を落として電話を切ろうとする。その声があまりにも弱々しく落ち込んでいたものだから、さすがに「どうした」と水を向けてしまった。

『ちょっと、アイドリが終わっちゃうのがショックで……』

入江より先に日比谷健のファンになり、アイドリも熱心にプレイしていた結花は落胆もひとしおなのだろう。電話の向こうから深い溜息が聞こえてくる。

『お兄ちゃん、たまには家に帰ってきてアイドリの話しようよ……』

「ああ、近いうちに……」

『だったら今日は⁉』

期待に満ちた声で問われて言葉に詰まった。残念ながらこの後も予定がある。だが、断ったらひどくがっかりされるだろうと思うと即答できない。口ごもっていると、向かいに座る颯斗が苦笑して入江を手招きしてきた。声は出さず、口の動きだけで「帰ってやれ」と伝えてくる。でも、と言い返そうとしたが、いいから、と頷かれてしまった。

ここのところ結花の落ち込み方は激しかったし、近々実家に帰るつもりではいた。少しでも元気づけられればと、今日も結花の分のグッズを買い込んでいる。

迷ったが、再三颯斗に促され、この後少しだけ実家に顔を出すことにした。

「やたら同じグッズ買ってると思ったら、妹さんのためか。甘いなぁ」

電話を切るなり、颯斗にからかうような口調で言われた。自覚はあるので苦笑するにとどめると、颯斗の口元に呆れたような、それでいて優しい笑みが浮かぶ。

「タケルにだってあれだけ構ってやってるんだもんな。実の妹なんて溺愛されて当然か」

肘をついてこちらを見る颯斗は、いいなぁ、と言いたげな顔をしていて目を奪われた。外では滅多に甘えてこない颯斗が、珍しく甘えるような顔をしている。本人にその自覚はないのかもしれないが、羨ましさと淋しさが入り混じったような顔を見たら、人目があるのも忘れてその手を取り「甘やかしてやる」と言ってしまいそうになった。

「妹さん待たせてるんだったらそろそろ行くか。今日はこれで解散だな」

「待て、この後俺の部屋で飲む約束だろ?」

椅子を立ちかけていた颯斗がきょとんとした顔で瞬きをする。「覚えてたのか?」と言われて頭を抱えそうになった。覚えているに決まっているし、よしんばこちらが忘れていたとしても、颯斗に忘れたふりなんてさせたくはない。

「覚えてる。お前に断りもせず一つ予定をねじ込んで悪いが、この後ちょっと実家に寄らせてくれ。妹にグッズだけ渡したらすぐ帰るから」

「でも、俺まで一緒に行くわけには……」

「構わない。お前も一緒だって家族にも連絡しておくから、よければお茶の一杯も飲んでいってくれ」

「え、いや、いいよ。せっかく実家に帰るんだから、入江もゆっくりしたいだろ?」

遠慮する颯斗に、入江はしっかりと首を横に振ってみせる。

「前みたいに佐伯との約束をすっぽかしたくないんだ。手間を取らせて悪いが、頼む」

帰らないでくれ、と訴えると、颯斗は困ったように視線を揺らしたものの、無言で小さく頷いてくれた。

「……俺との約束なんて気にしなくていいのに」

会計をするため席を立った颯斗が、ぼそりとそんなことを呟く。それでいて、斜め後ろから見たその唇には、嬉しそうな笑みが浮かんでいた。

レジに並ぶ颯斗の背中を眺めて想像する。もしも入江が本当にこの後の約束を忘れていたら、颯斗はどんな顔で自分と別れただろう。

きっと少しの不満も、淋しさすら感じさせない綺麗な笑顔で手を振ったのだろう。でも一人になった途端、しょんぼりと顔を伏せたりしたのではないか。

ただの想像なのにその姿はあまりにも容易に頭に浮かび、今度こそ全力で颯斗を抱きしめたくなって、入江は必死で自分の腕を押さえつけた。

新宿から実家までは電車を乗り継ぎ四十分ほどかかる。結構な移動距離になってしまうことを詫びたが、颯斗は大したこともない顔で笑った。

「いいよ。うたた寝してたらすぐ着くだろ」

幸い電車の席が空いていて、二人で隣り合ってシートに座った。食べ過ぎて腹が苦しい、と苦笑して、颯斗は本当に目を閉じてしまう。

「……寄り掛かっていいか？」

「もちろん」

颯斗が肩に頭を預けてくる。程なくして、肩口から微かな寝息が聞こえてきた。

無防備な寝顔を横目で盗み見る。肩で感じる温みのせいばかりでなく、胸の底がふわっと温かくなった。滅多に弱音を吐いたり、他人に頼ったりしない颯斗がこうして体を預けてくれると、なんとも嬉しい気分になる。

颯斗を起こさぬよう体勢に気をつけ、たまにタケルから届くメールに返信しているうちに実家の最寄り駅に到着した。

駅から実家までは歩いて十五分ほどかかる。電車でうたた寝をしていたせいかまだ少し眠そうな顔で瞬きをする颯斗とともに夜道を歩き、『入江』と表札の出た実家の前までやってきた。

道路から実家を見上げた颯斗の口から声が上がる。

「おお、一軒家だ」

入江が生まれたのとほぼ同時に両親が買った家はさほど新しくもないし、大きくもない。庭はなく、車が一台しか入らない狭い駐車場があるだけのよくある建売住宅だが、颯斗は本気で感心しているらしい。

「一軒家って憧れだったんだよな。自分の部屋とかある？」

「大学に入るまではあった。今はもう父親の書斎になってる」

「なんだ。入江の部屋に入ってみたかったのに」

「俺の部屋なんて残ってたとしても、アパートの部屋とほぼ変わらないぞ」

「でもいろんな物は残ってるだろ？　学生時代の黒歴史を漁りたかったんだよ」

　家に入る直前まではいつもの調子でそんな会話をしていたのに、玄関の向こうから入江の母親が顔を出した途端、颯斗の顔つきが変わった。

「夜分遅くに突然お邪魔して申し訳ありません。入江君と同じ会社に勤めております、佐伯と申します」

　綺麗に微笑んで折り目正しく腰を折ったその姿は、いわゆる営業用の振る舞いだ。整った顔に柔和な笑みを浮かべた颯斗を見て、早速母親は目を輝かせている。

「あらまあ、ご丁寧にどうも。愚息がいつもお世話になっております」

「こちらこそ、職場ではいつも入江君に助けてもらってます。これ、よろしければ」

　駅前で購入していたクッキーを颯斗が笑顔で母に渡す。「あらやだ、お気遣いいただいて」と返す母の声が高くなった。気に入られたようだ。

「狭い所で申し訳ありませんが、よろしければお茶でも飲んでいってくださいな。あ、ほら、あんたも上がって。結花たちが待ってるわよ」

息子に対してはぞんざいな口調で話しかけ、母はいそいそと廊下の奥へ戻っていく。

靴を脱ぐ颯斗に、入江は小声で耳打ちした。

「うちの家族相手によそ行きの顔する必要ないぞ……？　仕事じゃないんだし」

「しょうがないだろ、初対面なんだから。それより、さっき入江のお母さん『結花たち』って言ってたけど、誰か来てるのか？」

言われて耳を澄ませてみると、廊下の向こうから何やら賑やかな声が聞こえてきた。

颯斗とともに玄関を上がり、廊下の突き当たりにあるドアを開ける。扉の向こうは広々としたリビングダイニングだ。右手がソファーとテレビの置かれたリビングで、左手は対面キッチンのあるダイニングである。

入江が部屋に入った途端、廊下に漏れ聞こえていた声がぴたりとやんだ。リビングに置かれたL字のソファーに座っていた女性たちが一斉にこちらを振り返る。

ソファーにいたのは三人。妹の結花と、その友人の女性二人だ。

暗い目つきでクッションを胸に抱え込んでいた結花がこちらを見て、「お兄ちゃん、お帰り」と憔悴しきった表情で呟く。いつもは緩くウェーブのかかった髪をハーフアップにしている結花だが、今日は無造作に髪を下ろし、ウエストにくびれのないすとんとしたワンピースを着ている。足元は素足にスリッパ。休日スタイル、もとい、やる気がないときの格好だ。

結花の右隣にはショートカットの女性と、さらにその隣にお団子を結った女性がいて、それぞれ「お兄さん、お久しぶりです」「お邪魔してます」と会釈をしてくれる。二人とも結花の大学の友人だ。揃ってアイドリに熱中しており、同じメルトシャワーファンとして入江とも親交が深い。

ソファーの前に置かれたローテーブルには、スナック菓子の空袋やジュースの注がれたコップが並んでいる。入江が帰ってくる前からずっとここでお喋りを続けていたらしい。いつもは華やかな笑い声を立てている三人だが、今日はさすがに表情が暗かった。

「……お兄ちゃん、アイドリのサービス終了だって」

クッションを抱きしめたまま、結花が低い声で呟く。入江だってアイドリが終了するとわかった直後は同じような状態だったので、自然と労わるような声が出た。

「辛いな。せめて気分が上向くように土産を買ってきた」

「……ありがとう。でも、お菓子だったらもう十分……」

結花の言葉が終わるのを待たず手にしていたショッパーを掲げると、たちまち結花の声が途切れた。ショッパーに印刷されたアイドリのロゴに気づいたのだろう。結花だけでなく、その後ろにいた友人二人もソファーから腰を浮かせる。

「お、お兄ちゃん、もしかして……」

「ああ、アイドリのコラボカフェに行ってきた帰りなんだ。一回の来店につきお一人様一点限り購入のアクリルスタンド、三つあるからみんなも持って帰ってくれ」

「アクリルスタンドってタケルの⁉　嘘、嘘、見せて！」

「私たちにまで買ってきてくれたなんて素敵すぎます！」

「さすがお兄さん！　わかってらっしゃる！」

結花たちから歓声が飛ぶ。キッチンで湯を沸かしていた母が「あんたたち落ち着きなさい」と声を上げたが興奮は収まりそうもない。早速結花が駆け寄ってきて、入江からショッパーを受け取った。

「わ、凄い！　ほんとにアクリルスタンド三つある……！　えっ、コースターとラバーストラップもめちゃくちゃ一杯あるんだけど……⁉」

「タケルが欲しくて頑張った。結局出なかったから、それはみんなで山分けしてくれ」

入江が部屋に入ってきたときの曇った表情から一転、結花は満面の笑みで「ありがとう！」と礼を述べる。

「でも、一回の来店につき一個しか買えないアクリルスタンドがなんでこんなに……？」

「二回店に行ったからな」

「二回じゃ足りなくない？　一人で行ったんだよね？」

「いや、こいつと」

紹介するタイミングを逸し、ずっと廊下で待たせてしまった颯斗をようやく部屋に招き入れる。文句も言わず廊下で待機していた颯斗は、室内に入ると結花たちに向かって綺麗な所作で腰を折った。

「こんばんは、突然お邪魔してすみません。入江君の同僚の佐伯です」

柔らかな物腰、落ち着いた口調、優しげな笑みと百点満点の挨拶をした颯斗を見て、結花たちが一斉に、ひっ、と息を呑んだ。

わかる。わかるぞ、と声をかけたくなった。結花たちの胸の内が見えるようだ。

三人で視線を交わし、イケメン、凄いイケメン来た、しかもちょっと日比谷健に似てない⁉

なんて目だけで会話をしているに違いない。

結花は唇を戦慄かせ、しかし結局何も言葉にすることができず、ふらふらとソファーの方へ戻っていってしまった。

「こら結花、ちゃんとご挨拶しなさいよ。お兄ちゃんの会社の人なんだから」

まだ動揺から立ち直れないのか、ソファーから結花の「こんばんは……」という蚊の鳴くような声が返ってきた。

「すみませんね、佐伯さん。どうぞ、こちらでお茶でも飲んでくださいね」

ダイニングテーブルに紅茶を並べる母の背に、結花が「聞いてない……！」と悲鳴のような声をぶつけている。事前に颯斗も連れて行くと連絡を入れていたのだが、どうやら母は結花たちにそれを伝えていなかったようだ。

颯斗とダイニングテーブルに座り、母の淹れてくれた紅茶を飲む。一口飲んで、ティーバッグではなく茶葉から淹れていることがわかった。面倒くさがり屋の母がわざわざ茶葉を使うとは、さすが颯斗。玄関先の挨拶と手土産だけでがっちり母の心を掴んでいる。

「父さんは？」

「お父さんなら朝からずっと書斎にいたわよ。あ、でも今はお風呂かしら」

「みんな変わりない？」

「おかげさまで」

台所に立つ母と実家に帰ったとき恒例のやり取りをして、正面に座る颯斗に視線を戻す。

颯斗は紅茶を飲みながら、こちらを見て楽しそうに目を細めていた。

「……どうした？」

「いや、実家にいる入江の姿が新鮮で」

カップの陰で口元を隠し、ふふ、と柔らかな笑い声を立てる。よそ行き用ではない、素の笑顔だ。

アイドルのように完璧な笑顔もいいが、少し気の緩んだこんな笑顔も大変いい。そう思ったのは入江だけでなく、ソファーから颯斗の様子を窺っていた結花たちも一緒だったらしい。少し離れたところから、ほぅ、と小さな溜息が上がった。

息を詰めて自分を見詰めている三人に気づいたのか、颯斗がソファーに目を向ける。

こんばんは、と颯斗が笑うと、結花たちも無言で会釈を返した。目は颯斗に釘(くぎ)づけのままだ。

「急にお邪魔してごめんね。俺のことは気にしないで、みんなでお喋りしててください」

「……はっ、いえ、お、お気遣いなく……」

結花の返答に、颯斗は「そう？」と小首を傾げる。

「お兄ちゃんとアイドリの話とかしなくていいの？」

「ひえ……、あの、お、お兄ちゃん……」

「佐伯、ちょっと妹たちには刺激が強すぎるから笑顔を引っ込めてくれ」

弱々しく助けを求めてきた結花を見かねて颯斗に声をかけると、きょとんとした顔を向けられた。

「刺激って？　あれ、なんか怖い顔してた？」

「違う、そうじゃない。ここにいるのは全員メルトシャワーのファンだ。お前の顔はちょっと、心臓に悪い。日比谷健に似てるから……」

「えぇ？　お前な、こんなオッサン捕まえてアイドルに似てるなんて、ファンの前でそんなこと言ったら怒られちゃうだろ」

颯斗は結花たちを振り返り「ねえ？」と笑いかける。アイドルを馬鹿にするでもなく、己の美貌をひけらかすでもない、屈託のない笑顔だ。

アイドル顔負けのサービスに、結花たちはすっかり言葉を失ってしまったようだ。相槌を打つのもそこそこに、夢見るような目で颯斗を見詰めている。

妹たちにつられたわけではないが、入江もカップの縁から颯斗を盗み見た。

颯斗の顔立ちは華やかに整っていて、外を歩いていると女性たちに振り返られることも少なくない。でもそれはほんの一瞬のことで、すれ違ってしまえばわざわざ追いかけてくる者もいなかったのでさほど気にならなかった。

けれどこうして妹やその友人たちが、入江の同僚という気易(きやす)さもあって遠慮なく颯斗に見惚れている姿を見ると、胸の辺りに重たい空気が溜まっていく。

(佐伯はいい男なんだよな……本当に)

わかっていたつもりだが、妹たちの視線を一身に集めるその姿を見て改めて再認識した。世の女性が放っておくはずがない。

どうしてこんな男が自分なんかとつき合っているのかと、ふと疑問に思った。颯斗と比べるまでもなく、自分は取り立てて整った顔立ちをしているわけでもないし、愛想だってよくはない。しかも同性だ。

入江自身、同性とつき合うのは颯斗が初めてだったし、人のことは言えないのだが、それでも不思議に思う。

自分はどうだったろうか。最初は入江も颯斗に対して恋愛感情は抱いていなかった。入社して間もない頃は、いつ見ても完璧な笑顔を浮かべ、如才(じょさい)なく仕事をこなす颯斗に尊敬の念を抱いた。仕事のミスは少なく、失態を犯してもそれ以上の成果でカバーする能力もある。スマートに物事を進めるようでいて、転んでもただでは起きない。泥臭く頑張っているのに、それをひけらかさず、むしろ隠すようなところのある颯斗に好感を持っていたのは間違いない。

最初はその程度だったのだ。でも気がついたら熱心に颯斗の姿を目で追うようになっていた。それどころか、そばにいなくてもふと気がつくと颯斗のことを考えている。妹の影響でよく目にするようになったアイドルにその面影をたびたび重ねてしまうくらいに。

アイドル並みに完璧だと思っていた。そんな颯斗が、自分の前でだけ疲れを隠さずうたた寝をする姿を見て、胸の底から湧き上がってきたものはなんだろう。

庇護欲だろうか。颯斗のこんな姿を知っているのは自分だけかもしれないという優越感か。なんとも名前がつけられずにいるうちに、自分の前でだけ肩の力を抜いて笑う颯斗を愛おしいと思うようになった。

(俺はともかくとして、佐伯が俺に惹かれた理由はなんだ?)

考え込んでいるうちに、ちゃっかり母親までティーカップを手にダイニングテーブルに着席した。颯斗が手土産に持ってきたクッキーを食べながら「うちの子、会社でどんな感じです?」などとあれこれ尋ねているが、颯斗は嫌な顔ひとつせず笑顔で相手をしている。その横顔を眺め、颯斗とつき合う前のやり取りを思い返した。

颯斗は入江に、甘やかしてほしい、と言った。

入江がそれを叶えたことが颯斗の琴線に触れたようだが、甘やかすことなど難しくもない。

むしろ年上の女性なら、入江よりずっと上手に颯斗を甘やかすことだろう。

颯斗は元々異性愛者だし、年上年下関係なく女性陣の目を奪う。

（……うかうかしていられない状況では？）

妹たちや母親にちやほやされる颯斗を見て、今更過ぎる危機感を抱いた。おかげでいつの間にか母の話題が入江の失敗談に及んでいたことに気づけない。

「高校受験の前日、この子ったら自分の机の上に筆箱の中身を綺麗に並べてね、そのまま筆記用具全部家に置いて受験会場に行っちゃったのよ。あたしたち家族は肝を冷やしたけど、本人はけろっとした顔で『係の人に言ったら鉛筆貸してもらえた』なんて言うから、まあ肝が据わってるんだか鈍いんだか……」

「――なんの話をしてるんだよ」

はっとして低い声で母親の言葉を止めたがすでに遅く、颯斗は声を立てて笑っている。

「受験当日に忘れ物しても動じないって、お前らしいなぁ」

「……なんだ、俺らしいって」

「お前が焦ったりうろたえたりするところ、あんまり見ないから」

「あらそぉ？　幼稚園の頃なんて園服にケチャップ落としたってだけで大泣きして……」

「いつの時代の話だよ」

さすがに語気を荒くして話題を止めたが、颯斗はニコニコ笑って「泣いちゃったんですか？」

と話の続きを促してくる。こうなると母の昔語りは止まらない。楽しそうに母の言葉に耳を傾ける颯斗を見ていると強引に割り込むこともできず、仏頂面（ぶっちょうづら）で紅茶を飲む。

　母親と長閑（のどか）に茶飲み話などする姿を見て、結花たちもようやく颯斗を正視できるようになったようだ。ここにいるのはアイドルでもなんでもなく、一介（いっかい）のサラリーマンだと認識したのか、やっといつもの調子に戻って入江にも声をかけてくる。

「急にお兄ちゃんがタケル似のイケメン連れてくるから、びっくりした」

「やっぱり似てるよな。俺もそう思う」

「でもこんなの心臓に悪いですよ」

「アイドリロスで鬱々（うつうつ）としてたので、ちょっと嬉しいサプライズでしたけど」

　結花の友人たちも会話に参加してきて、三人は改めてアイドリのサービス終了を嘆き始めた。

「毎日タケルとメールしてたから、それがもう来なくなるのかと思うと淋しくて……」

「最後に大型アップデートでもあればまだましだったのにねぇ」

「散るならせめて華々しく……！」

　三人とも、概ね（おおむね）入江と同じようなことを思っているようだ。

　暗い顔で溜息をつく結花たちを眺め、入江の母は呆れ顔で言う。

「昼間っからずっとあんな感じなのよ。ゲームが終わるってだけで世界の終わりみたいに大騒ぎして……」

「タケルたちの世界は終わっちゃうんだよ！　お兄ちゃんだって淋しいよね？」

「淋しいな……。あと一ヵ月足らずで何もかも終わることも知らず、今まで通りレッスンに励んでるあいつらを見ると、遣る瀬無い気分になる」

「まーた、あんたまでそんなこと言って」

やれやれとばかり母は肩を竦め、新しい紅茶を淹れに席を立った。すかさず結花がソファーの上に膝立ちになり、背凭れに腕をついて入江を呼ぶ。

「お兄ちゃん、実は今日ね、アイドリが終わる日に卒業パーティー的なものしようかってみんなで話してたの」

「卒業？」

「お別れパーティーでもいいんだけど、サービスが終わる瞬間一人でいるの淋しくて」

結花の後ろで、友人二人も頷いている。

「今月の二十八日って土曜日でしょ？　二十三時五十九分をもってサービスを終了するって公式サイトにも書いてあったし、みんなにもうちに泊まってもらおうと思って」

サービスが終わる瞬間を皆で迎え、夜通しアイドリについて語り合うつもりでいるらしい。

それまでにこやかに結花たちの話を聞いていた颯斗が、急に会話に加わってきた。

「そんなパジャマパーティーみたいなものに入江がいてもいいの？　そういうのって女性同士でワイワイやるものだと思ってたけど……」

突然颯斗に声をかけられ、結花はどぎまぎした様子で髪を撫でつけて居住まいを正した。

「そうなんですけど、お兄ちゃんは特別というか……」

だよね？　と同意を求められた友人二人も、颯斗の視線を受けて顔を赤くしながら頷いた。

「結花のお兄さんは同じアイドリファンとして、もう同志みたいなものですから」

「私たちと一緒にメルトシャワーのコンサートにも行ってくれましたし」

「ああ、年も性別も超えた友情が生まれてるわけだ」

颯斗は納得したような声を上げ、尊敬の念がこもった視線を入江に向けた。

「お前、凄いな。俺だったらいくら共通の話題があったとしても、年下の女の子たちと垣根なく喋れる自信ないぞ……」

「え、でも、佐伯さんもお喋りしやすいですよ」

すかさず結花の友達がフォローを入れてくれる。結花も力強く頷いて、ソファーの背凭れから身を乗り出した。

「よかったら、佐伯さんも一緒にどうですか？　日付が変わるまでアイドリやって、メルトシャワーのDVDとか見ながら夜通しおかし食べたりするだけの集まりですけど」

思いがけない結花の誘いにぎょっとして、とっさに颯斗の表情を窺ってしまった。

颯斗は大きく目を見開いて、戸惑いも嫌悪もない、驚き一色に染まった顔をしている。

「でも俺、アイドリは『For M』しかやってないけど……」

「佐伯さんもアイドリやってるんですか！　じゃあますます参加してくださいよ！」

「メルトシャワーも、ちょっとしか曲知らないけど……」

「ちょっとは知ってるんですね⁉」

「うん、入江に教えてもらった」

結花だけでなく、その友人たちも目の色を変えた。共通の話題を見つけたことで、急速に颯斗に対する親近感が湧いたらしい。

「こういうのは人数が多い方が淋しさも薄れるので、佐伯さんも来てくださいよ！」

「そうだよ、お兄ちゃんも誘ってよ！」

結花たちの勢いに押されて颯斗を見た。颯斗はのんびりと笑って「俺も参加していいの？」なんて言っている。迷惑そうな顔はしておらず、むしろこの状況を面白がっている雰囲気だ。

結花たちの言う卒業パーティーとやらに参加しても、きっと颯斗ならそれなりに楽しんでくれるだろう。たとえアイドリに思い入れがなくとも、メルトシャワーのファンでなくとも。

何かに夢中になる人を颯斗は否定しない。一緒に楽しもうとする節すらある。

颯斗も一緒なら楽しそうだ、と思う以上に、不安が胸に兆した。

他人の趣味を尊重し、自らも積極的にその内容を知ろうとする颯斗の姿を見たら、結花やその友人たちは何を思うだろう。心惹かれたりはしないだろうか。かつての自分がそうだったように。

結花と友人たちに目を向ける。颯斗を見詰めるその顔が心なしか上気しているように見えてしまって、思うより先に口を開いていた。

「さすがに佐伯に迷惑だろう」

目の端で、颯斗がこちらを見たのがわかる。けれどその表情を確かめることはできず、結花たちに視線を向けたまま続けた。

「佐伯はアイドリのファンでもメルトシャワーのファンでもないんだ。巻き込まないでやってくれ」

えぇー、と結花たちは不満げな声を上げたが、新しい紅茶を盆に載せて戻ってきた母に「そうよ、佐伯さんを困らせるんじゃないわよ」と言われて大人しく引き下がった。

「ごめんなさいね、佐伯さん。適当にあしらってくれていいから」

「いいえいえ、なんか楽しそうだなと思ったんですけど、よく考えたら俺みたいな男が夜中にお嬢さんたちと一緒にいるのも心配でしょうし……」

「あら、そんなことちっとも心配してないわよ！　むしろあの子たちが羽目外しすぎないか見張っててほしいくらいだもの」

あながち冗談とも思えない口調で言って母親が笑う。

新しい紅茶に口をつけながら、そっと颯斗に目を向けた。颯斗も入江の視線に気づいたようで、湯気を立てる紅茶に息を吹きかけながら目元に笑みを含ませた。

「残念。ちょっと興味あったんだけどな」

「……そういうこと言うと、本気で結花たちに誘われるぞ」

「俺は構わないけど。でも、どうせだったらファンだけで集まって熱く語り合った方が盛り上がるよな。今回は遠慮しとく」

そんな理由で颯斗を誘わなかったわけではない。それよりも、結花やその友人たちが颯斗に秋波を送ってきそうで気が気でなかった。間近から好意を向けられた颯斗が、ふと自分が異性愛者だったことを思い出してしまったら。そう考えたら不安になったのだ。

大人げないとは知りつつも、妹たち相手に嫉妬してしまった。狭量な胸の内を見透かされてしまいそうで、颯斗をまっすぐ見返すことができない。目が合っても、すぐに視線を下ろしてしまう。

だから入江は気づかなかった。母親の言葉に相槌を打ち、結花たちに笑顔を向けるその合間に、颯斗が少し淋しそうな顔で紅茶を飲んでいたことに。

颯斗が手土産に持ってきたクッキーだけでは足りないと思ったのか、母親が戸棚からせんべいやチョコパイなども引っ張り出してきて、なんだかんだと一時間ほど実家に滞在してからアパートへ帰ることになった。

入江が買ってきたコラボカフェのお土産で少しは気を持ち直したのか、最後は結花たちも笑顔で手を振って見送ってくれ、颯斗ともども軽く手を振り返して実家を出る。

「騒がしくて悪かったな」

「いやいや、もてなしてもらえて嬉しかった」

長いこと母親のお喋りにつき合わされたというのに、颯斗はなお笑顔のままだ。そのまま電車に乗り込んで、改めて入江のアパートへ向かう。

実家にいるときはもちろん、電車の中でも、アパートへ向かう夜道を歩いているときも、颯斗はいつも通り笑っていた。疲れた様子も不機嫌な様子もなかっただけに、アパートに到着した途端、背後から突然颯斗に抱きつかれたときは声を失うほど驚いた。

「さ……佐伯？　どうした？」

靴も脱がぬうちからこんなふうに颯斗が甘えてくることなど珍しい。振り返ろうとすると、背中にぐりぐりと額（ひたい）を押しつけられた。本格的に稀（まれ）な状況だ。

靴を脱ぐのは後回しにして、腹の前で組まれた颯斗の手に自身の手を重ねる。

「なんだ、具合でも悪いのか？」

んー、と、背中で颯斗がくぐもった声を上げた。シャツ越しに感じる頬は、普段と変わらず温かい。特に熱があるわけでもなさそうだ。

「疲れたか？」

うん、と小さな声で返事があった。幼い子供のような反応だ。

コラボカフェにつき合わせた上、急遽実家にまで呼んでしまったのだ。疲れるのも当然か。さすがに申し訳ない気分になり、わしわしと颯斗の頭を撫でて靴を脱ぐよう促した。

「いろいろ連れ回して悪かった。ほら、少し休もう」

ようやく颯斗も靴を脱いだが、両腕はこちらの腰に回したまま、背中にぴたりとくっついて離れない。口数も少なく、いよいよ本気で心配になってきた。

奥の部屋に入り、ローテーブルの前に腰を下ろす。相変わらず腰には颯斗の腕が回されており、隣り合って座るとぺたりと肩に頭を凭せかけられた。

「具合悪いわけじゃないんだよな？」

颯斗の後ろ頭を撫でながら尋ねると、大丈夫、と返された。

「じゃあ、急に実家に連れていったことを怒ってるのか？　嫌だったとか……」

「嫌じゃないよ。むしろお前の家族に会えて嬉しかった」

そう返す颯斗の口調は穏やかだ。何か思い出したのか、小さく笑っている。

「帰り際に親父さんに会えたのもよかったな。入江と親父さん、目の感じがそっくりで」

声を聞く限り機嫌はよさそうだが、颯斗の体は脱力したように寄り掛かって離れない。やはり疲れているのかと肩を抱き寄せる。

「今日はつき合ってくれてありがとう。コラボカフェも一緒に行けて楽しかった。ああいう雰囲気、やっぱりちょっと居心地悪かっただろ」

「いやぁ、いつアイドリの熱烈なファンじゃないってバレるか緊張はしたけど」

「むしろ周りにいた客は、俺より佐伯の方が熱心なアイドリファンだと思ってたんじゃないか？　ラバーストラップの封を開けるたびにお前が本気で一喜一憂するから」

笑い交じりに「そうかなぁ」と呟いて、颯斗がようやく顔を上げた。

帰ってからずっと様子がおかしかったのでどんな表情をしているだろうと緊張したが、見下ろした顔には静かな笑みが浮かんでいた。

「結局タケルのグッズ出なかったけど、コラボカフェは楽しめたか？」

再三の確認に、もちろん、と頷く。グッズの有無に関係なく十分楽しかった。

「じゃあサービスが終わる日も、大丈夫だよな？」

颯斗の目が真剣みを帯びた。

颯斗は自分と違い片手間にしかアイドリをプレイしていなかったはずなのに、本気で案じてくれている。入江の母親は「ゲームが終わるってだけで世界の終わりみたいに大騒ぎして」と呆れ顔を浮かべていたし、それが世間の一般的な反応だろうと入江自身思うのに。

本当にいい男だな、と思いながら、入江は目を細めて颯斗の髪を撫でた。

「大丈夫だ。もう気持ちの整理はついた。サービスが終了するまで、粛々とタケルたちを応援するよ。それに最終日は妹たちも一緒だし」

颯斗は入江の目を見詰めて動かない。言葉に嘘がないか確かめるように。しばらくそのままじっとしていたが、最後は納得したのかゆっくりと目元をほころばせた。

「そうか……。なら、よかった」

呟いて、また入江の肩に頭を預けてくる。と思ったら、遠慮なく入江に体重をかけてきた。重さに耐え切れず体が傾き、颯斗ともども床に倒れ込む。

颯斗は入江の胸に頭を載せ、深々と息を吐いた。

「あー、一日頑張ったかいがあった。よし、甘やかしてくれ」

首に顔を押しつけられ、颯斗を抱き返す腕に力がこもった。

「いいよ。どうする、肩でも揉むか？」

「いや、このまま……撫でてくれ」

言われた通り後ろ頭を撫でてやると、颯斗がほっと息を吐いた。寄り添った体から力が抜けていくのがわかる。

外では綺麗に伸ばされている颯斗の背中がゆっくりと緩んでいく、この瞬間がたまらなく好きだ。もっと全身を緩めてやりたくなって、繰り返し背中をさすった。

「今日は本当にありがとう。おかげでコラボカフェも満喫できたし、フードファイトにもチャレンジできた。自分の限界も知れて楽しかった」

「タケルのグッズ出なかったけどな……」

「なんでお前の方が落ち込んでるんだ？　いいよ、お前と一緒に最後のコラボカフェに行けただけで満足だ。予約もしてくれてありがとう。まさか二回も行けるとは思ってなかった」

「月曜だったから、結構空きあったし……」

「実家にも寄ってくれて嬉しかった。手土産まで用意してくれて、うちの親が揃って感心してたぞ。若いのに礼儀正しくて愛想もよくて顔も可愛くてって……」

「か、可愛いは言ってないだろ」

照れたのか早口で言葉を遮られ、肩を揺らして笑った。

母親が颯斗に「可愛い顔した子ねぇ」と言っていたのは本当だ。颯斗がトイレに立った隙に呟かれた言葉なので本人の耳には届いていないが。入江の目には男前に見える颯斗の顔も、年上の女性には可愛らしく映るらしい。

「毎度のことながら、佐伯は営業の鑑だな。今日はつくづくお前の手腕を見せつけられた。あんな調子であっという間に他人と親しくなるのか。俺には真似できない」

「……にこにこしながら話聞いてるだけで、特別なことは何もしてないだろ」

「初対面の相手とにこにこ話ができるだけで十分凄いぞ。相手が会話に応じてくれるのは、お前に心を開いてる証拠だろう。一体どうやったらあんなにするっと相手の懐に入り込めるんだ？　うちの母親、普段はあんなにお喋りじゃないぞ？」

「嘘だ、お前のお母さんは絶対お喋り好きなタイプだって。お前があんまり会話に乗ってあげてないだけだろ？」

ようやく普段の調子が出てきたらしい。言い返されて、颯斗の髪に鼻先を埋める。

「俺だったら、同僚の家族とあんなに親しく喋れない。遠慮して、たまに相槌打って、なんとなくぎくしゃくした空気になると思う。妹とその友達までいるカオスな空間だったのに、ごく自然になじめる辺り、お前のコミュ力は最高値に近いな」

「……褒めすぎだろ」

「褒めるというか、客観的な事実だ。でもさすがに気疲れしただろ。連れ込んだ俺が言うのもどうかと思うが、大変だったな。お疲れ様」

髪を撫でる手を頬まで滑らせる。そっと目の下を撫でると、颯斗が伏せていた目を上げた。

「……疲れてはいないけど、緊張はしたな」

「うちの家族相手に？」

「お前の家族だからだろ」

小さく笑って颯斗が掌に頬をすり寄せてくる。

小動物じみた仕草に、不覚にもときめいてしまった。

デート中はいかにもモテる男然としてこちらをリードし、家族の前でも非の打ちどころのない好青年を体現していた颯斗が、自分の前でだけはこんなふうに甘えてくれる。気を許されている、と思うと、それだけで胸にひたひたと充足感が満ちた。

愛おしい。もっと甘やかしてやりたい。颯斗は何を望んでいるだろう。

颯斗のようには気が回らず、野暮を承知で「どうやって甘やかしたらいい」と尋ねる。

「ええ？　言わせせんのかよ」

「言ってくれればなんでもするぞ。なんでもは言い過ぎでも、可能な限りのことはする」

「適当に『なんでも』って言いきらない辺りが入江らしいな」

「がっかりさせたか」

「信頼がおける」

機嫌よく笑って、颯斗が口を閉ざす。きっと何かしてほしいことがあって、でも言おうか言うまいか迷っているのだろう。少しでも口が滑らかになればと、こちらからも水を向けた。

「美味い酒でも買ってくるか？　つまみも一緒に」

「そうだなぁ……」

「疲れてるなら先に風呂に入るとか。湯上がりに肩でも足でも揉むぞ」

「そこまで疲れてない」

「じゃあ――」

言葉の途中で唇に颯斗の指が押しつけられた。物理的に口をふさがれ、黙って颯斗の顔を見返すと、少し照れたような顔でこう言われた。

「……風呂も酒もいらないから、このままベッドで甘やかしてくれ」

普段から、颯斗はストレートに入江を誘う。慣れているのかと思いきや、言葉にした後いつも少し恥ずかしそうな顔をするのがアンバランスで目を離せない。

入江は颯斗の手を取って、その指先にキスをした。

「もちろん、喜んで」

颯斗の指先を握り、目の前にある唇にもキスを落とす。軽く触れて離れるつもりだったが、颯斗が誘うように唇を開いたので我慢できなくなった。柔らかな唇を軽く噛んで、その隙間に舌を滑りこませる。

「ん……」

鼻にかかる甘えたようなこの声は、きっと自分しか知らない。そう思うだけで体の芯に火がついた。甘やかしてやりたいと思う一方で、颯斗の吐息や眼差し、理性すら思うまま強引に奪ってしまいたくもなる。

柔らかな舌を吸い上げると、颯斗の背中が弓なりになった。本格的にその唇を貪ろうとすると、グッと颯斗に胸を押される。

「……ベッドって言ったろ」

目元を赤くした颯斗に抗議され、すまん、と苦笑を漏らす。ベッドはすぐそこなのに、ほんの数歩が我慢できなかった。

「お前ががっついてくるの、珍しいな」

唇を濡らしたまま颯斗が笑う。珍しくもなんともなく、いつだって入江ががつがつと颯斗を求めていることも知らないで。

（お前の中で、俺は随分紳士なんだな）

床に颯斗を押しつけて事に及んでしまいたい衝動をやり過ごし、そっと颯斗を抱き起こす。

せめて颯斗の思う通り、紳士的に振る舞いたい。

恋人を甘やかすのは楽しいことだが、ときに忍耐も必要だ。


アイドリのサービスが終了する日、結花と友人たちは真昼間から入江の実家に集まることになったらしい。結花の友人二人はそのまま家に泊まり込み、翌日までダラダラと入江の家で過ごすそうだ。大学二年生の夏休み、人生で一番自由気ままに過ごせる時期ならではの過ごし方かもしれない。

友人たちは普段から入江の実家に入り浸っているので、入江の両親も「また来たね」くらいの扱いだ。

入江はというと土曜出社の日で、普段通り出社して定時まで黙々と仕事をこなした。

仕事中もたまにタケルからメールが届いて、今日でこんなやり取りも最後かと思うと、切ない気持ちがとめどなく溢れてくる。

結花たちと一緒にサービス終了の瞬間を迎えられてよかったかもしれない。アパートで一人そのときを待つなんて、想像しただけで物悲しくて涙が出そうだ。

定時で仕事を終え、スーツのまま実家に帰る。玄関を開けるとすぐに奥から母が顔を出した。

「お疲れさま。夕飯はまだよね？」

そう言って、キッチンで入江にカレーをよそってくれる。他の家族はすでに夕食を終えているらしく、入江は一人でダイニングテーブルに腰を落ち着けた。

「結花たち、二階であんたのこと待ってるわよ。あんまり夜更かししないようにね」

「わかった。真夜中に多少うるさくするかもしれないけど……」

「それはいつものことだから構わないけど」

入江の前にカレーを置きながら、それよりも、と母は含み笑いする。

「佐伯さんだっけ？　またうちに連れてらっしゃいよ。手土産なんていらないから」

スプーンに伸びていた手が止まった。なぜ、と尋ねると実に簡潔な答えが返ってきた。

「目の保養。あの子、性格もいいしね」

なるほど、颯斗は本気で母に気に入られたらしい。

（……また連れてこようか）

カレーを食べながらそんなことを思ったが、颯斗は気疲れしてしまうだろうか。前回実家に連れてきたときは、アパートに戻るなりやけに甘えてきた。もう一月近く前の話だが、あれは一体なんだったのだろう。

（次の日は普段通りだったし、あれ以来あんなに甘えられることもない……）

不満そうには見えなかったが、やはり疲れさせてしまったのだろうなと反省しながらカレーを食べ終え、ネクタイを緩(ゆる)めて二階へ上がった。

結花の自室は二階の奥だ。階段を上がり、かつて自分の部屋だった父の書斎の前を通り過ぎて結花の部屋の前に立つ。

ドアをノックし一声かけてノブを捻(ひね)った瞬間、室内から甘い香りが漂い出してきた。小学生の頃、クラスの女子が持っていた香りつきの文房具に似た、人工的で甘い香りだ。入江がこの家で寝起きしていた当時から、結花の部屋はいつもこんな匂いで満ちている。

八畳(じょう)の部屋は床にカーペットが敷かれ、ベッドとローテーブル、子供の頃から使っている学習机などが置かれている。壁際にはアイドリやメルトシャワーのグッズを並べる棚があり、DVD観賞用のテレビまで用意されていた。いかにも溺愛(できあい)された一人娘の部屋といった風情(ふぜい)で、あまりに居心地のいい空間に、果たして妹は自立できるのかと心配になることもある。

室内には結花と友人二人の姿もあった。シーツやカーテンなどが淡いピンクで統一された室内は華やかだが、テーブルを囲む結花たちの雰囲気は部屋に不釣り合いなほど重苦しい。揃って無言でアイドリをプレイしている。

結花はスマートフォンから顔も上げぬまま、ぼそりと呟いた。

「……お兄ちゃん、お仕事お疲れ様」

「お前たちの方がお疲れの様子だが、大丈夫か?」

一体いつからゲーム画面を凝視しているのか、みんなして目が血走っている。

「あと三時間足らずでアイドリが終わるのかと思うと……最後にやり残したあれもしよう、これもしようって気持ちになって……回収してないイベントスチルもいくつかあるし」

「なるほどな。でもちょっと休憩した方がいいぞ」

「お兄ちゃんは随分余裕だけど、やり残したこととかないの……?」

ようやく結花がこちらを見た。目の下に隈ができているが、もしかすると今日どころか昨日から根を詰めてゲームをしていたのかもしれない。

入江はテレビの前に膝をつき、傍らのワゴンラックからメルトシャワーのDVDを取り出した。それをプレイヤーにセットしながら淡々と答える。

「タケル関連のスチルならコンプしてるから、悔いはない」

言い終わらぬうちに、背後で結花たちがバタバタと床に倒れ込んだ。

「さすがお兄さん……! この状況で悔いがないって言えるなんて……!」

「私たちなんてやり残したことばっかりですよ! もっとまめにプレイしてればよかった」

結花の友人たちも入江のやり込み具合は理解している。尊敬と羨望の入り混じる視線を向けられたので、片手を上げて応えておいた。彼女たちともなんだかんだつき合いが長いので、年齢の差はあれどすっかり気心の知れた関係だ。

「俺はもう、残り時間までタケルから送られてくるメールに返信をするだけだから」

「あぁ……お兄さんが悟りきった修行僧のような顔をしてる……」

「そうだな。ここまで来たらもうじたばたせずに、静かにタケルたちを見守りたい」

テレビをつけ、ＤＶＤの再生ボタンを押す。メルトシャワーのライブ映像が流れ始め、入江は改めてテーブルの前に座り直した。

「まあ、メルトシャワーのライブでも見ながら穏やかにそのときを迎えよう」

それまで鬼気迫る顔でスマートフォンを睨んでいた結花たちも、ふっと我に返ったように顔を上げてライブ映像に目を向けた。

画面の中で日比谷健の笑顔が大写しになって、結花が大きな溜息を吐く。

「あー、タケルがいなくなるの淋しい……」

「そうだな。淋しいな」

しんみりした気分で言い返したところで、スラックスのポケットに入れていたスマートフォンが震えた。タケルからのメールだ。

最後の夜だというのに、タケルはいつもと変わらず『何してんの？』なんて送ってくる。このやり取りももう少しで終わりか、と淋しく思いながら選択肢を選んでいたら、横から結花に顔を覗き込まれた。

「お兄ちゃん、今からでも佐伯さん呼んでみない？　佐伯さんノリよさそうだったし、もしかしたら来てくれるかもしれないよ？」

冗談、にしては結花の目が本気で、一瞬答えに詰まってしまった。前回母親に止められていたというのに、まだ諦めていなかったのか。

「……呼ぶわけないだろ。佐伯はアイドリに興味ないいんだから、内輪の集まりに呼んで肩身の狭い思いなんてさせられない」

なぁんだ、と結花が肩を落とす。その友人たちまでがっかりした顔だ。

「残念だなぁ、日比谷健に似てたからちょっと気になってたのに」

入江は何か言おうと口を開けたものの、結局何も言えずに閉じる。

妹相手に牽制するのも大人げないし、颯斗に断りもなく自分たちの関係を公表するわけにもいかない。

結花たちは「やっぱりあの人日比谷健に似てたよね」「すっごいカッコよかった！」などと盛り上がっている。その通りだが気が気でない。もし妹たちに颯斗を紹介してほしいなどと言われたらどうすればいい。俺の彼氏だ、とは言えない。少なくとも颯斗の了承を得るまでは。

入江にできることと言えば、颯斗が美形だの優しそうだのはしゃぐ結花たちに、そうだな、と短い相槌を打つことくらいだ。

最初こそはらはらしていたものの、すぐに結花たちの話題は颯斗からタケルへ、さらにアイドリ、メルトシャワーへと緩やかに変わっていってホッとした。

結花たちとメルトシャワーのコンサート映像を見ている間も、ときどきタケルからメールが来る。これが最後だと思うとやはり名残惜しく、合間にこれまで集めたイベントスチルなど眺めて過ごした。たった一年の配信だったとはいえ、四季折々のイベントがあったものだと懐かしい。タケルにプレゼントしたが受け取ってもらえなかった指輪や、初めてタケルからもらったプレゼントのボールペンなど、アイテム欄を見ているだけでも感慨深い。

結花たちも、DVDを見たり、たまにアイドリの画面を眺めたりしながら、のんびりとゲームの思い出話をしている。

「去年メルトシャワーのコンサート行ったとき、メンバーがアイドリのこと喋ってたんだよね」

「日比谷健も『For W』やるって言ってたけど、ほんとにやったかな?」

「やってたらもっと話題になって、一年でサービス終了になんてならないでしょ」

「そうだな。日比谷健がSNSでアイドリに触れたことなんて一度もないもんな」

「もっと課金しておけばよかったなぁ」

「学生に課金は早い」

「だったらお兄ちゃんが課金してくれたらよかったのに!」

「金で解決するのはタケルに対して誠意がない」

とりとめのないお喋りをしながら、ローテーブルの上に並べたスナック菓子を食べ、ジュースやウーロン茶を飲む。結花たちは揃って酒が飲めないし、入江も一人で飲もうとは思わない。

全員成人しているにもかかわらず、子供の夜更かしのような雰囲気だ。

年齢も性別も関係なく、好きな物を語り合う時間は楽しかった。話題はメルトシャワーのことになったり、アイドリのことになったり、日比谷健のことになったり、たまに颯斗のことになったりして、ゆっくりと夜が更けていく。

「そろそろ十一時かぁ」

ちょうどＤＶＤが終わったタイミングで、結花が名残惜し気に呟いた。アイドリのサービスが終了するまで、残すところあと一時間だ。

タケルとメールのやり取りをしていた入江は、スマートフォンの電池が切れかけていることに気づいて腰を浮かせた。結花の部屋のコンセントで充電しようとしたが、あいにく電源タップは結花や友人たちの充電コードで埋まっている。

他にコンセントがないか室内を見回していたら、手の中のスマートフォンが震えた。タケルからかと思ったら、届いたのは颯斗からのメッセージだった。

「佐伯だ」

思わず呟くと、結花たちが一斉にこちらを見た。

「えっ、佐伯さん？　何？　電話？」

「いや、メッセージが届いただけだけど……」

「なんて、なんて？」

興味津々で身を乗り出してくる妹たちからスマートフォンを遠ざけてメッセージに目を通す。人前で読めないような内容だったら困ると思ったが、画面に表示されていたのは『アイドリの卒業パーティー楽しんでるか？　泣いてないか？』というものだった。

下手に画面を覗き込まれ、これまでのやり取りなど見られるよりはましかと、入江は送られてきたメッセージを読み上げた。それを聞いた結花たちが、わっと歓声を上げる。

「佐伯さん優しいー！」

「やっぱり今日来てもらえばよかったのに！」

顔よし、性格よし、他人の趣味にもケチをつけない颯斗に全員すっかり心を摑まれてしまったらしい。気持ちはわかる。入江だって颯斗に心を奪われっぱなしだ。

「今からでもテレビ電話で参加してもらったらどう？　佐伯さんだって絶対乗り気だったよ！　こんなメッセージまで送ってくれるくらいだし」

いつになく熱心に颯斗を誘う結花を見て、入江はしばし沈黙してから首を横に振った。

「いや、駄目だ」

「せめて一声かけるくらい」

「やめておこう」

基本的に、入江は年の離れた妹に甘い。大体の頼み事は聞いてしまう。そんな入江が断固として首を縦に振らないので、結花も友人たちもきょとんとした顔だ。

「もしかしてお兄ちゃん、佐伯さんと喧嘩中とか……？」

あまりにも入江が頑ななので、そんな心配までされてしまった。

わかりやすく態度を変えてしまう自分が恥ずかしい。どれだけ必死なのだと頭を抱えたくなるが、やっぱり駄目なものは駄目だ。

もう認めよう、これは嫉妬だ。今日颯斗をこの場に呼ばなかったのだって、颯斗が妹たちに袖(そで)を引かれる姿を見たくなかったからだ。

颯斗がそう簡単に目移りするような浮気な性格でないことくらいわかっているが、それでも心配だった。自分に颯斗の心を引き留めきれるだけの魅力があるとも思えない。

溜息を押し殺して颯斗にメッセージを返す。こっちは楽しくやっている。妹たちがお前に会いたがってるよ、と。

送信ボタンを押したところで、いよいよスマートフォンの電池残量が危うくなった。電源が落ちる前に充電したいが、この部屋のコンセントには空きがない。

どうせ今夜はここに泊まるのだし、そろそろ実家に置いておいた部屋着に着替えて、ついでに一階で充電をしてこようと腰を上げかけたとき、一瞬の隙をつかれた。

結花が横からぱっと手を出して、入江のスマートフォンを奪う。あまりの素早さに、すぐさま反応することができなかった。

「……あっ！　こら！」

「お兄ちゃん、喧嘩してるなら仲直りは早い方がいいよ」

結花が真顔で妙なことを言い出して、「何？」と目を瞬かせる。

「佐伯さんと喧嘩してるんでしょう？　メールじゃなくて電話でやり取りした方がいいんじゃない？」

言われてようやく、颯斗と喧嘩をしているという誤解を解いていないままだと気がついた。

違う、と首を横に振ったが、結花は手早くスマートフォンを操作して颯斗のアドレスを表示してしまう。本気で颯斗に電話をかけかねない勢いだ。それを傍らで見ていた結花の友人たちが「お兄さんもなかなかのシスコンだけど、結花も相当なブラコンだよね」「お互い過保護だねぇ」なんてのんきな会話をしていて頭を抱えそうになった。過去、結花が友人たちと喧嘩をしたとき半ば無理やり電話をかけさせて仲直りさせたことを今更後悔する。まさか同じことをやり返されるとは。

「違う、本当に喧嘩なんてしてない。だから返してくれ」

「本当？」

若干疑わしげな顔をしつつスマートフォンを返そうとした結花が、あれ、と声を上げた。

「佐伯さんって、もしかして今日が誕生日？」

思いがけない質問に、結花に向かって伸ばしていた手を止めてしまった。

結花が見ているのは颯斗のアドレス欄だ。表示されているのはせいぜい電話番号とメールアドレスぐらいで、誕生日を入力した記憶はない。そもそも入江は颯斗の誕生日を知らなかった。お互い尋ねたこともない。

「なんで今日？」

「だってほら、メールのアドレス」

結花がスマートフォンの画面をこちらに向けてきた。

最近はもっぱらメッセージアプリでやり取りしていたので、颯斗のメールアドレスをまじまじと見るのは初めてかもしれない。颯斗のアドレスは『hayato-828』だ。

「颯斗って佐伯さんの名前でしょ？　結構シンプルなアドレスだし、最後の数字は誕生日なんじゃないかな」

瞬間、頭を過ったのは、颯斗とデート中に携帯ショップの前を通り過ぎたときのことだ。

高校生で初めて携帯電話を持った。でもなかなかアドレスが決まらなくて、ようやく決めたアドレスもすでに他の誰かが使っていることが多くて、だからアドレスの最後に誕生日などの数字を入れていた、なんて話を颯斗はしていなかったか。

結花の手の中でスマートフォンの画面がふっと暗くなって、慌てて手を伸ばし画面をタップした。結花から返されたそれを見詰め、まさか、と呟く。

本当に、今日が颯斗の誕生日なのか。アイドリのサービスが終了する今日が。

だったら言ってくれればよかったのに。何度も八月二十八日のことは話題に上がっていた。

コラボカフェに行ったときだって——。

再び画面が暗くなり、黒い画面に愕然(がくぜん)とした自分の顔が映り込んだ。

（あのとき、佐伯は何か言おうとしてなかったか……？）

店内で、颯斗が口にしかけた言葉を思い出す。

『アイドリのサービス終了って、今月の二十八日だよな？　あのさ、その日なんだけど……』

何か言いかけて、でも結花から電話がかかってきたので会話が途切れた。あの後、自分は続く言葉を颯斗から聞き出しただろうか。

聞き出していない。中途半端なままだ。

颯斗は何か言おうとしていたのに。八月二十八日に、何かがあると自分に伝えようとしていたのに。

（——佐伯の誕生日だったのか！）

理解した瞬間スマートフォンの画面を叩いていた。今すぐ颯斗に電話をして、事実を確かめなければと必死で。

しかし、どれだけタップしても画面は暗いままだ。電源ボタンを押してみると、空っぽになった電池のイラストがぱっと画面に浮かんですぐに消えた。電池切れだ。

「すまん！　電源貸してくれ！」

言い終える前に、充電中だった結花のスマートフォンから充電ケーブルを引き抜いて自分のスマートフォンに差し込んだ。しかし電源ボタンを押してもスマートフォンは反応しない。どうやら完全に電池が切れたせいで、再起動状態になってしまったらしい。

結花のスマートフォンを借りようとしたが、颯斗の電話番号を覚えていない。仕方なく再起動するのを待つが、なかなか立ち上がらず苛々した。

時計を見上げる。時刻は二十三時を少し過ぎたところだ。

今ならばまだ電車が動いている。急げば日付が変わる前に颯斗の部屋に辿り着けるかもしれない。思うが早いか、スマートフォンからケーブルを引き抜いて勢いよく立ち上がった。

「悪い、今日は帰る」

「えっ、泊まってくんじゃなかったの?」

「せめてアイドリのサービスが終わる瞬間はみんなで迎えません?」

結花たちに引き留められたが、入江は切迫した表情で首を横に振った。

「お前たちはタケルとの別れを惜しんでやってくれ。俺は別にやることができた」

そう言い残して結花の部屋を飛び出した。

慌ただしく階段を駆け下り、リビングに置きっぱなしにしていたカバンを引っ掴んで玄関へ向かう。奥からパジャマに着替えた母親が出てきて「あら、帰るの?」と声をかけてきたので「帰る、夕飯ご馳走様」とだけ返して家を飛び出した。

だから入江は知らない。

部屋に残された結花たちが呆然と自分の背中を見送っていたことも、結花が信じられないと言いたげな顔で「お兄ちゃんにタケル以上に優先してるものがあるなんて……」と呟いていたことも。

頭の中は颯斗のことでいっぱいで、残された結花たちの反応など考える余裕すらなかった。

実家から駅まで全力で走り、ホームに到着したばかりの電車に飛び乗って颯斗の住むアパートを目指した。本当なら車内から颯斗に「今から行く」と連絡をしたかったが、あいにくスマートフォンは電池が切れたままだ。

電車のドアに凭(もた)れかかり、苛々と爪先(つまさき)で床を叩く。

もし本当に今日が颯斗の誕生日だったら悔(く)やんでも悔やみきれない。コラボカフェで颯斗はこちらに何か打ち明けようとしていたのに、うっかり聞き逃した自分を殴ってやりたかった。

（そうだ、だからあの日、アパートに帰ってから佐伯の様子がおかしかったんだ……！　妙に甘えてくるからどうしたのかと思ってはいたが……誕生日に一緒に過ごせなくなったから淋しくなって甘えてたのか――……！）

颯斗の心境を想像すると胸が潰(つぶ)れそうだ。遠慮せず言ってくれればよかったのに。そうしたら自分は、一も二もなく結花たちの誘いを断り、一日中だって颯斗のそばにいた。

せっかくの誕生日を、颯斗は一人で過ごしたのだろうか。今も淋しく膝を抱えているのでは、などと想像したらもう駄目だ。胸がえぐれてしまいそうになる。

なぜこんなときにスマートフォンの充電が切れているのかともどかしい。予備バッテリーを持ち歩いていない自分自身にも腹が立つ。せめて一言、今日が終わる前に、颯斗に「誕生日おめでとう」と伝えたい。

電車の中で足踏みしても目的地へ向かう速度は変わらない。わかっていても爪先がじたばたと暴れた。最寄り駅まであと数駅。電車を降りて、全力で走ればぎりぎり日付が変わる前に颯斗の部屋まで辿り着けるか。

じりじりした気分で電車に揺られ、ようやく最寄り駅に到着すると誰より早く電車から飛び降りた。改札を抜け、走りながら腕時計を見る。零時十分前。颯斗の家まで歩けば十五分程度なので、走ってぎりぎり間に合うかどうかという時間だ。

夜も遅いので人気の少ない夜道を駆け抜け、颯斗のアパートを目指す。

社会人になってから全力疾走する機会などめっきり減ったので息が続かない。喉の奥でヒューヒューと不穏な音がしたが、構わず走り続けた。

颯斗のアパートが遠くに見えてくると、疲れた体に鞭打って走る速度を上げた。アパートの外階段を駆け上がり、二階にある颯斗の部屋のチャイムを押す。

事ここに及んで颯斗が不在の可能性も頭を過ったが、すぐにドアの向こうで小さな物音がした。よかった、いる。

ガチャンと鍵の回る音がして、颯斗が顔を出した。もう眠るところだったのか、Tシャツにスウェットという寝間着に近い恰好で、入江の顔を見ると驚いたように目を見開いた。

「入江？　なんでここに――」

颯斗の言葉が終わるより先に、力いっぱいその体を抱きしめていた。

突然のことに対処できなかったのか後ろにのけ反る颯斗を掻き抱いたまま部屋に入り、背後でドアが閉まると同時に勢いよく颯斗の顔を覗き込んだ。

「今日、佐伯の誕生日じゃないのか⁉」

颯斗が大きく目を見開く。瞳を揺らし、すぐには返事もできない様子だ。

その反応は図星なのか。だとしたら、今日は一日颯斗に淋しい思いをさせてしまった。せり上がってくる罪悪感に息すら詰まって眉根を寄せたが、颯斗は目を丸くしたまま、こう言った。

「違うけど」

「やっぱり、そ……っ……」

そうなのか、と続けようとして、入江も一緒に目を見開いた。

「……違う？」

颯斗は入江を見上げ、もう一度「違う」と繰り返す。

表情を見る限り、嘘をついたりごまかしたりはしていないようだ。むしろ息せき切ってここまでやって来た入江を見て、怪訝そうな顔をしている。なぜ入江がここにいるのかさっぱりわかっていない様子だ。

「でも、佐伯のアドレス、末尾に『828』って……」

颯斗はぴんとこない顔で首を傾げたが、一拍置いてようやく何か理解したらしい。

「ああ、メールアドレス？　確かに『828』ってつけたけど、誕生日じゃないよ」

「じゃあ、この数字にはなんの意味が……？」

「ただの語呂合わせだ。『ハニワ』って」

ハニワ、と力なく繰り返した瞬間、携帯会社のマスコットキャラクターが脳裏を駆け抜けた。

つい最近、青いウサギにその座を取って代わられたハニワのマスコットキャラクター。入江たちが高校生の頃はテレビのコマーシャルにもたびたびハニワが現れて、大中小と三体並んだハニワが『電波が三本立っている！』なんて決めポーズを……。

「ハニワか……！」

ようやく数字の意味を理解して、颯斗を抱きしめたままその肩に顔を埋めてしまった。脱力したが、疲弊よりも安堵の気持ちの方が強い。

颯斗もようやく状況を理解したらしい。肩で息をする入江の背中を撫で、おかしそうに笑う。

「そんな勘違いしてわざわざここまで来たのか？　せっかくパーティーやってたのに？」

「本当に誕生日だったとしたら、一人にさせておけないだろ……」

「だからって、アドレス見ただけでなんでそんな確信持っちゃったんだよ?」

けらけらと笑う颯斗の声を聞いていたら、ようやく全身のこわばりが解けた。大きく息を吸ってなんとか息を整え、颯斗を抱きしめる腕を緩める。

「コラボカフェに行ったとき、二十八日に何かあるって言いかけてなかったか? だからてっきり……」

颯斗はひとつ瞬(まばた)きをして、すぐに何かに思い至ったのか、あぁ、と困ったように笑った。

「やっぱり、何かあったのか?」

「いや、別に大したことじゃないんだけど……」

「なんだ、言ってくれ。あのときちゃんと最後まで話を聞かなくて悪かった。もう日付が変わるから、その前に」

「だから、そんな重要なことじゃなくってだな……」

颯斗はやけに言いにくそうな顔をしていたものの、最後は観念したのか、「とりあえず上がってくれ」と入江を部屋に上げた。

そっちで待ってて、と奥の部屋を指さされ、言われるままローテーブルの前に腰を下ろす。

颯斗はキッチンで何やらごそごそしていたが、しばらくして細長い手提(てさ)げ袋と、真っ白な四角い箱を持って部屋に戻ってきた。

テーブルにそっと置かれた四角い箱を凝視(ぎょうし)する。箱のてっぺんについた持ち手。さらに側面(そくめん)

には賞味期限のシール。これはどう見ても、ホールケーキの入った箱だ。

ひとり暮らしの成人男性が、ちょっと甘いものが食べたくなったからとホールでケーキなんて買うだろうか。いや買わない。少なくとも颯斗ならそんなことはしない。それほど甘いものを好んでいるわけでもないからだ。ということは。

「やっぱり誕生日だったんじゃないか⁉」

「いや、違う。違うからちょっと落ち着け」

膝立ちになる入江の斜向かいに腰を下ろし、颯斗は慎重にケーキの箱を開けた。

ちらりと見えたのはやはりホールケーキだ。中身が傾かないようそっと颯斗が箱から取り出したケーキには、イチゴやブルーベリーといった果物や、チョコプレートの類は載っていない。代わりに、ケーキの中央に色鮮やかなイラストが描かれていた。

見覚えがありすぎるタッチに息を呑む。チョコペンを使っているのか繊細な筆遣いで描かれていたのは、大きな瞳でこちらを見て勝気に微笑む、タケルの姿だ。

入江は長いことケーキに描かれたタケルに見入ってから、ゆっくりと颯斗に視線を戻した。

こちらの反応が気になるのか、颯斗は少し緊張した面持ちで言う。

「ネットで探したら、アニメのキャラクターとかをケーキにデコレーションしてくれる専門の店があってさ、そこでタケルのケーキ予約しといたんだ。全部パティシエの手描きだって。凄いクオリティだろ」

確かに、ホールケーキのど真ん中に描かれたタケルの顔は、公式のイラストをそのまま写し取ったかのような完成度だ。色つけも繊細で、食べてしまうのが惜しいくらいである。

さらに颯斗は、傍(かたわ)らの細長い紙袋を手元に引き寄せた。

「こっちは……ワインなんだけど」

取り出したワインのラベルには、これまたタケルの顔が印刷されていた。

「これも、ワインのオリジナルラベル作ってくれる店があったから、公式サイトからタケルのイラスト引っ張ってきてラベル作ったんだ。一応、個人で楽しむ分にはセーフっぽかったから」

テーブルに置かれたワインとケーキを前に、入江は身じろぎひとつすることができない。どちらも公式グッズにあったらファンが泣いて喜びそうな代物(しろもの)だが、どうしてこんなものを颯斗が用意しているのかがわからなかった。アイドリのファンでもないだろうに。

「……どうして」

驚きすぎてごく短い言葉しか出てこなかったが、察しのいい颯斗は言外の疑問をすべて汲(く)み取って答えてくれる。

「アイドリのサービスが終わるってわかったとき、入江があんまり落ち込んでたから。最終日にこういうものを用意しといたら、ちょっとは気がまぎれるかと思って……」

「だったら、なんで言ってくれなかったんだ？」

食い気味に尋ねると、困ったような顔をされてしまった。

「コラボカフェに行ったとき、言おうと思ったんだ。でもお前の家に行ったら、妹さんたちも同じような計画立ててただろ？　どうせだったら最後の瞬間はファン同士で迎えたほうが楽しいかと思ったんだよ。でもケーキとワインはあの時点でもう予約しちゃってたから」

だったらますます言ってくれればよかったのに。ケーキなんて日持ちするものでもない。今日、明日には食べきらなければいけないものだ。

時計を見る。すでに零時を過ぎて日付は変わった。サプライズが失敗した形になったというのに、颯斗は気を悪くしたふうもなく笑っている。

もしも今日、自分がアパートまで押しかけてこなかったら颯斗はどうするつもりだったのだろう。入江に何も告げることなく、たった一人でこのホールケーキを食べ終えていたのだろうか。

デート中に颯斗が見せた完璧なエスコートを思い出し、なんとなく、颯斗は過去の恋人たちにもこういうサプライズを計画していたのではないかと思った。誕生日や記念日に限らず、落ち込んでいる恋人を励ましたり、努力が実って何か結果が出た恋人を祝ったりするために。

歴代の颯斗の恋人たちは、揃いも揃って自立心が強く、有能な人物だったという。仕事に没頭するタイプがほとんどで、いつも疲れて、忙しくしていたそうだ。そんな彼女たちにとって、颯斗のサプライズはどれほど支えになっただろう。そう思う一方で、直前まで相手にそれと勘づかせない完璧なサプライズが、今回のようにふいになることも多かったのではないかと考えてしまった。

たとえば休日に会う約束をしていた恋人から、急に仕事で行けなくなった、なんて連絡が入ることもあったかもしれない。そんなときも颯斗は、計画が流れたことなどおくびにも出さず、笑顔で恋人の背中を押してきたのではないか。今回、入江が妹たちと夜通しパーティーをするとなったとき、よかったな、となんの憂いもなく笑いかけてくれたように。

想像しただけで、胸に太い釘でも打たれたような気分になって息が途切れた。

こうなるともう入江の想像は止まらない。テーブルの上のホールケーキを見て、もしかするとサプライズどころか、自分の誕生日すら忙しい恋人に言い出せなかったことがあるのでは、などと思ってしまって、不憫でたまらなくなった。

(……まずい、本気で泣きそうだ)

全部自分の想像でしかないのだが、あり得るだけに胸を絞られた。きっと颯斗に言ったら「考えすぎだ」と笑い飛ばされるのだろうが、もともとそういう性分なのだから仕方がない。計算ソフトに現れるイルカですら、話しかけないと淋しがりそうでつい構ってしまうくらいなのに。

「入江？　どうした」

俯いて黙り込んでいると、颯斗が心配そうな顔でこちらを覗き込んできた。

入江はおもむろに手を伸ばすと、颯斗の手をがっしりと摑む。

「佐伯の誕生日、いつだ？」

「え、十月八日だけど」

「わかった。何があってもその日は空けておく」

「ええ？　なんだよ、急に。随分先だぞ？」

冗談だとでも思われたのか、颯斗はおかしそうに笑っている。その手を両手で包み、真顔で続けた。

「ケーキとワイン、ありがとう。すごく嬉しい」

「そ、そうか？　ていうか、よかったのか？　妹さんたちと一緒じゃなくて」

「うん。あいつらはあいつらで楽しくやってるだろうから」

それよりも、自分のためにあれこれ用意してくれていた颯斗を一人きりで過ごさせずに済んでよかった。両手で握りしめた手を額に押しつけ、万感の想いを込めて言う。

「――お前の心遣いが無駄にならなくて、本当によかった」

颯斗の指先がぴくりと動く。少し間を置いて、ゆっくりと手を握り返された。

「大げさだな」

そう言って颯斗は笑ったが、それは少しだけ泣き顔が混じったような笑顔で、結花も友人たちもタケルすら、何もかも放り出してここへ駆けつけて本当によかった、と思わずにいられなかった。

その後、颯斗と一緒にワインを開けて、ケーキも食べた。

ケーキの真ん中に描かれたタケルの顔をカットするときはさすがに気が引け、顔をよけて食べようか本気で悩んだが颯斗に一刀両断された。

タケルの顔が、とうろたえたが、颯斗に「人に食べてもらえないケーキほど悲しいものはないぞ。どんな人に食べてもらえるだろうってわくわくしてただろうに」などと言われた途端、今度はケーキに感情移入してしまった。幼児向けの食育のような言い草だったが、入江の胸にはピンポイントで刺さった。だいぶ自分の扱い方を理解されてしまっている。

「こんなケーキを用意しておいてくれたなら、佐伯も妹たちの集まりに呼んだ方がよかったかな……」

分割状態になったとはいえ、なんとなくタケルの顔を避けながらケーキを食べて呟くと、颯斗に意外そうな顔を向けられた。

「俺、てっきり妹さんたちの集まりに参加しちゃいけないもんだと思ってたけど……」

「いけないことはないだろ。妹たちはお前に来てほしがってたぞ」

「……でも、お前は嫌だろ？」

いつになく自信のなさそうな声で問われて目を瞬かせた。理由を尋ねたが、颯斗はなかなか口を割らない。仕方がないのでケーキを食べる合間に颯斗のグラスに次々ワインを注ぎ、若干酔わせてどうにかその真意を聞き出すことに成功した。

「この前妹さんたちが俺のことパーティーに誘ってくれたとき、お前が結構本気で止めてきたから……」

「そりゃ佐伯はアイドリのファンでもないし、迷惑かと思って……」

「本当にそれだけか？」

それ以外に何がある、と問い返す。ワインのせいで少し目元を赤くした颯斗は無言で入江を見詰めてから、ふっと視線を逸らして呟いた。

「……妹さんたちに、俺との関係がばれるの嫌なのかと思って。男の恋人なんて、家族にばれたくないだろ？」

思ってもみなかった言葉に、口元に近づけていたフォークを止めてしまった。

ちらりとこちらに目を向けた颯斗の表情はどことなく不安そうで、今更ながら自分の軽率な言動を悔やんだ。勝手に妹たちの話を切り上げず、パーティーに参加したいかどうかきちんと颯斗本人に尋ねればよかった。

「……すまん、そうじゃない。情けないがあれは……ただの嫉妬だ」

俯いてもそもそとケーキを食べていた颯斗が弾かれたように顔を上げる。しかし誰が何に嫉妬をしたのかはぴんときていない様子だ。

改めて説明するのも恥ずかしかったが、うやむやにするわけにもいかず重い口を開いた。

「妹たちが、本気でお前にうっとりしてたもんだから……気が気じゃなかった」

「え、でも妹さんたち、メルトシャワーの日比谷健ファンだろ？　俺なんてあの子たちから見たらオッサンだろうし、眼中にもないだろ」

「お前もその調子で全然警戒してなかったから、ますます心配で……」

颯斗はぽかんとした顔で入江の言葉を聞いていたが、次第にその目元がほどけ、最後は耐え切れなくなったように肩を震わせて笑いだした。

「入江は意外と心配性だな？」

「……お前相手じゃ心配もする」

「俺はそんなに浮気な性格じゃないぞ」

「そうじゃなく、周りがお前を放っておかないだろ」

そうか？　と首を傾げる颯斗はやはり自分の魅力を正しく理解していない。

（しかし……そんな心配をしていたくせに、実家ではずっとあの笑顔だったのか……）

アパートに帰った直後に少し様子がおかしかった以外は、まったくその胸の内を覗かせてくれなかった。完璧な笑顔も大概（たいがい）にしてほしいが、今回は颯斗と妹たちの間に勝手に割って入った自分が悪い。

「悪かった。お前との関係を隠す意図はなかった。そもそも妹たちは俺のことをゲイだと思ってるしな。今更だ」

「あ、そういやそんなこと言ってたな」

今思い出した、と言いたげな顔をして、颯斗は照れくさそうに笑う。

「駄目だな。お前のことになると冷静さがどっかに行くみたいだ」

急に可愛げのある発言が飛び出してケーキを喉に詰まらせそうになった。

颯斗は無意識にやっているのだろう。これだから、妹たちと颯斗を一緒にさせるのを躊躇するのだ。こんなギャップを知ったら、ファン心理ではなく本気で颯斗に恋心を抱いてしまう。自分という前例がいるだけに鷹揚に構えていられない。

やきもきする気持ちは残ったが、誤解が解けたのは何よりだ。今度こそ颯斗の顔に穏やかな笑みが戻ってきて、二人でゆっくりワインとケーキを食べた。

ワインは問題なく一本空けたが、男二人がかりであっても真夜中にホールのケーキを完食するのはきつい。「昔はこれくらい楽勝だったけどな」「これが寄る年波ってやつか」などと言い合いながら、残り半分は明日の朝食べることにした。

飲み食いしているうちに終電も過ぎ、颯斗は当たり前のように入江に着替えを渡してくる。入江も何度かこの部屋に泊まりに来たことがあるので、歯ブラシや寝間着は用意済みだ。

颯斗の勧めでシャワーを浴びて部屋に戻る。入江が来る前にすでに入浴を終えていた颯斗は、ベッドにうつ伏せになってスマートフォンを弄っていた。

入江はベッドの端に腰掛けると、寝転んだ颯斗の背中に額を押しつけた。

「ん？　どうした？　まだアイドリ終了のショックから立ち直れないか」

スマートフォンを置いた颯斗がのんびりと尋ねてくる。

入江は目を伏せ、いや、とくぐもった声で答えた。

「お前がいろいろ準備してくれたから、気持ちよく最後の日を迎えられた」

「実際飲み食いしてたのは日付が変わった後だったけどな」

苦笑する颯斗の背中に頬を寄せ、入江は深く息を吸った。

「こんなに嬉しいことをしてもらって、俺はどうやってお前に報いればいいだろう」

「だから、大げさだって」

颯斗が笑って、その背中が揺れる。素肌の上にシャツを一枚着ただけなので、固い肩甲骨の感触が布越しにはっきりと伝わってきた。唇で骨を辿り、嚙み締めるように呟いた。

「……ありがとう。本当に嬉しかった」

颯斗の背中が小さく震えた。こちらを振り返る気配がしたので顔を上げると、枕に肘をついた颯斗が上体を捻ってこちらを見ている。

「じゃあ、お礼でもくれるか？」

悪戯っぽく目を細め、颯斗が人差し指でトンと自身の唇を叩いた。

キスをねだる姿一つとっても様になっている。こんなの妹たちが見たら卒倒してしまいそうだ。アイドルのような、王子様のような、理想の恋人。

身を起こし、楽しそうに笑う颯斗に顔を近づける。目を伏せたその顔は端整で、つくづくと見惚れてからキスをした。

「ん……」

触れるだけでは物足りなかったのか、軽く唇を舐められた。促されるまま口を開くと、すぐに颯斗の舌先が口内に忍び込んできた。

入江がシャワーを浴びている間に歯を磨いたのか、颯斗の吐息はほんのりミントの匂いがする。ワインの香りはどこにいってしまったのだろう。受け止めた舌を柔く噛み、強く吸い上げ、隠された香りを暴くように舌の裏をくすぐる。逃げようとしたので甘噛みで引き留め、ざらりと互いの舌を擦り合わせた。

颯斗の鼻から小さく声が漏れ、腹の底でちらちらと燻っていた欲の火が勢いを増す。本格的にベッドに上がり、キスをしながら颯斗にのしかかった。仰向けにさせ、今度はこちらから深く舌を差し入れる。

「ん……っ」

背中に腕が回され、強く引き寄せられる。颯斗の口の中を好き勝手舐め回していたら、軽く舌先に噛みつかれた。舌先が痺れるようだ。仕返しのように颯斗の舌を引きずり出して、強く吸い上げる。

「……っ、は……ぁ……っ」

唇が離れると、颯斗が首を反らすようにして息を吸い込んだ。その首筋に唇を押し当て、キスでは足りずに甘噛みを繰り返す。

「ん……こら、噛むな……犬でもあるまいし」

入江を咎める声は甘く溶けていて、大人しくなるどころか暴走しそうだ。颯斗のシャツの裾から手を差し入れて直接脇腹を撫で上げると、くすぐったそうに身をよじられた。

「待てって、ま……ぁ……っ」

指先で胸の尖りに触れる。颯斗の首筋にキスと甘噛みを繰り返しながら同じ場所に指を這わせていると、だんだんそこが硬くなってきた。

「あ……っ、も……よせって、お前がいつもそこばっかり触ってくるから……」

「気持ちよくなってきたか？」

最初はくすぐったがっていたはずなのだが、めげずに触れ続けていたら最近反応が変わってきた。

目元を赤くした颯斗に軽く睨まれたが、指先で円を描くように胸の先端を捏ねてやると、たちまち眉尻が下がって目を逸らされた。

「……勝手に人の性感帯を増やすな」

吐息交じりの声に腹の底が疼いた。もっと溶けるような声を聞きたくて、颯斗の顎に唇を滑らせながら指を動かす。親指と人差し指で胸の尖りを軽くつまんで刺激すると、颯斗の背中がシーツから浮き上がった。

「ん……っ、あ、あんまり、強くするな……っ」

「痛むか」

「……じゃない、けど」

颯斗が膝を擦り合わせたのを見てシャツの裾から手を引き抜いた。腿の間に手を滑らせれば、抗うでもなく膝が開く。触れたそこは、すでに緩く勃ち上がっているようだ。

スウェットの上から軽く撫でさすってやると、颯斗の唇から漏れる息が熱を帯びた。手の中のものも見る間に硬くなって、素直な反応に興奮して喉が鳴る。

息を乱し始めた颯斗の顔を食い入るように見ていたら、ふいに下腹部を撫で上げられた。相手の反応を見るのに夢中だっただけに、突然服の上から体の中心を取られてうっかり腰が引けそうになった。

慌てる入江を見上げ、ふふ、と颯斗が笑う。

「がちがち」

からかうような口調で言って、濡れた唇を弓なりにする。壮絶に色っぽい微笑に眩暈がした。颯斗の言葉に応えるように下腹部が痛いほど張り詰め、息が上がってしまう。

颯斗を組み敷いているのは自分の方なのに、簡単に追い立てられて翻弄される。首の裏に腕を回され、引き寄せられて唇をふさがれた。唇の隙間をちらりと舌でくすぐられ、誘われるまま噛みつくようなキスを返した。

「ん……っ、ん、ん……」

キスをしながら、スウェットのウエスト部分から手を入れて直接颯斗の屹立を握り込んだ。上下に扱けばすぐに掌がぬるついて、合わせた唇の隙間から弾んだ息が漏れる。

入江の下腹部には未だに颯斗の手が添えられていて、思い出したように服の上から撫でられたり、握り込まれたりするのでたまらない。焦らされているようでますます興奮が高まって、颯斗の手に自身を押しつけるようにして腰を揺らした。もっと、とねだる代わりに颯斗の屹立を扱き上げる。

「……ん、や……入江、待った……い、いっちゃうから……」

キスの合間に恥ずかしそうに囁かれ、猛烈に追い上げたい欲求に駆られたが、奥歯を嚙んで耐えた。無理強いはしたくない。が、毎度理性が焼ききれそうだ。

「先に、あっち」

そう言って颯斗が示したのは、ベッドサイドに置かれたパソコンデスクだ。引き出しにはローションが入っている。

うん、と頷いて、無言で颯斗から服を脱がせた。颯斗の口から先を促すようなことを言われると冷静でいられない。気が急いていることがばれないように、意識してゆっくりと自分も服を脱いだ。

引き出しからローションとコンドームを取り出し、掌にとろりとローションを垂らした。颯斗の膝を割り、その間に身を滑りこませる。

この瞬間だけは、颯斗もどこを見ていればいいのかわからない様子で片腕で目元を覆ってしまう。かつては女性とつき合っていた颯斗だ。こんなふうに組み伏せられ、脚を開かされる状況にまだ慣れていないのかもしれない。

濡れた指で窄まりに触れると、颯斗の肩がぴくりと跳ねた。見逃してしまいそうな小さな仕草だったが、どうしてかやけに目に残って動きが止まる。今日はさんざん颯斗のもてなしを受け、慰めてもらって、せめて何か報いたいと思っていたのに、こんなふうに抱かせてもらってもいいのだろうかと、そんな考えが頭を過ったせいかもしれない。

「――佐伯は、俺を抱きたいか?」

気がついたらそう口走っていた。我ながら、前置きも何もない唐突なセリフだったと思う。

颯斗も驚いたのだろう。目元を隠していた腕をどけ、目を丸くしてこちらを見た。

「え……な、何……?」

「お前があまりにもいい男だから、不安になった……」

「えっ、ほんとに何?」

勢いで口を開いてしまったので、入江自身降って湧いた感情を上手く言葉にできない。しかし一度出た言葉を呑み込むわけにもいかず、考え考え言葉をつないだ。

「……佐伯だって男だから、抱かれるよりも抱きたいときもあるんじゃないか？」

恋人への気配りも抜群で、女性陣がぜひ恋人にしたいと熱望するだろう男が抱かれる側でいいのだろうか。何か男の矜持を曲げてはいないかと、ふと不安になった。

颯斗は目を瞬かせてまじまじと入江の顔を見詰めた後、片手を伸ばして入江の頬に触れた。

「抱かれてみたくなったのか？」

「……いや、正直俺は抱きたいんだが」

最初から颯斗が抱かれる側でいいと言ってくれたので今日まで来たが、もしも我慢をさせていたのなら申し訳ない。自分は抱かれるよりも抱きたいが、颯斗がどうしてもと言うならやぶさかではなかった。

その気持ちに嘘はないはずなのに、表情にはたっぷりと葛藤の色が滲んでいたらしい。

「その感じだと、抱かれる側に興味を持ったわけじゃなさそうだな？」

背中に颯斗の腕が回され、そのまま抱き寄せられた。顎先にキスをされたので見下ろせば、颯斗は機嫌よさそうに笑っている。

「なんか勘違いしてるだろ。俺は好きで抱かれてるのに」

「無理してないか……？」

「してない。それより、手が止まってる」

唇の端にキスをされ、颯斗の本心が見えないまま再び窄まりに触れる。ローションをまとわせた指をゆるゆると言わせると、颯斗の唇から濡れた溜息が漏れた。睫毛の先が震えている。ゆっくりと指を沈み込ませると、感じ入ったように瞼が下がった。

お互い想いを伝え合ってから、もう幾度となく体を重ねている。最初は侵入を拒むように頑なだったそこも、今や素直に入江の指を呑み込むようになっていた。

ローションをつぎ足しながら奥を探る。熱く絡みつく肉をかき分けるようにして指を動かすと、颯斗の唇から甘やかな声が漏れ始めた。慎重に指を増やし、狭い肉筒にゆっくりと指を滑らせる。

「あ……っ、あ、あぁ……っ」

颯斗の声が高くなって、ひくりとその腰が跳ねた。胸が忙しなく上下して、肌も薄く汗ばんでいる。こちらを見上げる目はとろりと溶けていて、喉の奥がひりつくような渇きを覚えた。

柔らかく指を締めつけてくるこの場所に、すぐにも欲望を突き立ててしまいたい。だが颯斗を傷つけたくはない。もう少し指で翻弄したい。

溶かしたい、甘やかしたい、普段は頼りがいのある笑顔ばかり浮かべる颯斗の、もっと甘えた顔が見たい。熱で浮かされた頭に様々な想いが去来する。

室内には冷房が効いているはずなのに、いつの間にか全身に汗をかいていた。額から汗が滴って目に入り、軽く眉を寄せたら下から伸びてきた颯斗の手に目元を拭われた。

とろりと目を潤ませ、颯斗が薄く笑う。

「……入江も、抱いてほしくなったらいつでも言ってくれ」

ひそひそと囁かれ、とっさになんと返すべきか迷った。

俺はいい、と言うのもおかしな気がするが、よろしくお願いします、とも言えない。

こちらの迷いを見透かしたのか、颯斗が猫のように目を細めた。

「でもなぁ……それで入江が俺のこと抱いてくれなくなったら、どうしよう」

「いや、それは……」

「お前、抱かれる方は痛くて苦しいばっかりだと思ってる？」

違うよ、と笑って、颯斗はたっぷりと吐息を含ませた声で囁く。

「経験したら、多分人生変わるぞ」

確信を込めた口調で言われてどきりとした。そんなに気持ちがいいのか。

自分の下で、颯斗は溶けて滴るような顔をしている。貫かれる瞬間は確かに何かに耐えるような顔をしているのに、その後のあられもない表情を思い出したら背筋の産毛がぶわりと逆立った。

「……想像した？」

乱れた息の下から囁かれて我に返った。言葉が出ない。

黙り込む入江を見上げ、颯斗は笑いながら「まあ、また次の機会に」と囁いて入江の後ろ髪に指を絡ませた。

「今日のところは、俺のこと甘やかしてくれ」

颯斗の中で、抱いてくれ、と、甘やかしてくれ、は同義であるらしい。

ごくりと唾を飲みこんで、目に入る汗を拳で拭う。不要な気遣いだった上に、うっかり人生観を狂わされかけた。颯斗相手ならそれはそれでいいような気もしたが、今日のところは颯斗の要望に応えるべく手元にコンドームを引き寄せる。

準備を終え、大きく颯斗の脚を開かせた。息が上がるのを隠せない。身を倒し、窄まりに自身を押しつけて息を詰める。

「ん……っ、ぅ……」

この瞬間ばかりは颯斗の声も切れ切れになる。入江もまた、柔らかな肉に呑み込まれる感覚に理性を持っていかれそうになって奥歯を噛んだ。

「あ……っ、ぁ……あぁ……っ……」

押し入った場所は狭くて熱い。欲望のまま突き上げてしまいたくなるのを必死でこらえ、身を倒して颯斗の頬にキスをした。

颯斗の表情を窺いながらじりじりと腰を進める。途中で腰に颯斗の足が絡みついてきて、引き寄せるような仕草をするのでたまらない。優しくさせてくれ、と胸の内で呻くように呟いて、ようやく奥まで自身を埋め込んだ。

息が整うのを待つ余裕もなくゆるゆると揺すり上げると、颯斗の表情が見る間にほどけた。

高い声を上げながら入江の胸にしがみつき、甘えるように肩に顔をすり寄せてくる。

子供じみた仕草に心臓を鷲掴みにされた。外では絶対にこんなふうに甘えてきたりしないからなおさらだ。こうやって快感に乱れるのも、甘やかしてくれ、とねだってくるのも、自分が相手のときだけなのだと思ったら腹の底がぐらぐらと煮立つような錯覚に陥った。

「入江……入江、もっと……」

弱々しく掠れた涙声で訴えられ、いよいよ理性の手綱が指から離れた。

優しくしたい、甘やかしたい、もっとぐずぐずに溶かしてしまいたい。

他の人間と一緒にいるときは颯斗のことを精悍で頼りがいがあるいい男だと思うのに、二人きりになると可愛いばかりでたまらなくなる。

颯斗の脚を抱え直し、本格的に腰を突き入れた。

「あ……っ！　あ、あぁ……っ」

大きく揺さぶられながら、颯斗が必死で入江の背中にしがみついてきた。その体を抱き返し、柔らかく蕩けた肉を容赦なく突き上げた。切っ先がひと際感じる場所に当たったのか、颯斗の体がびくびくと跳ねて、内側がきつく入江を締めつける。

腰の動きに合わせて甘い声が上がる。奥を突くたびきつく締めつけられて、腰骨の奥に重たい熱が溜まっていく。

たまらない。頭の芯が痺れるようだ。無意識に淫らな収縮を繰り返す肉壁を、容赦なく突き

上げ、掻き回す。

「あっ、あ、あ……っ！」

颯斗が全身を引き絞るようにして身をしならせる。嬌声の合間に、入江、入江、と切れ切れに名前を呼ばれて箍が外れた。壮絶な色気をまとわせた顔で、子供のように自分を呼ぶ颯斗の唇に食らいつく。

「ん、んん……っ、ん――……っ」

唾液をすすり上げるようなキスをして、手加減も忘れ腰を振った。痙攣するように颯斗の体が震え、内側がきつく入江を締め上げる。

熱く柔らかな肉の感触に我を忘れた。腰骨から背骨を駆け抜ける快感に息を詰め、ひと際深く自身を突き入れて颯斗の体の深い所で吐精する。

全身を震わせ、深く重ねていた唇をようやく離した。腹にぬるりとした感触が伝わってきて、颯斗も欲望を吐き出していたらしい。互いに肩で息をしていたが、至近距離で目が合うとどちらからともなくまた唇が重なる。

呼吸が整わず苦しいはずなのにキスを止められない。こんなに近くにいるのに離れたくないと思うのが不思議だった。

唇だけでなく頬や瞼にも繰り返しキスをしていると、颯斗がくすぐったそうに笑った。

「なんだよ、可愛いことばっかりして……」

キスを止め、俺が？　と訊き返しそうになった。

それを言うならお前の方が、と言い返そうとしたが、こちらを見詰める颯斗が愛おしげに目を細めるので声を呑んだ。代わりに颯斗の顔に唇を寄せてキスを繰り返す。

（佐伯がそう言うなら、そうなんだろう）

否定するより素直に礼を言っておいた方がいいのかもしれない。

颯斗に対して自分が向ける『可愛い』という感情がどんなものだったのか思い出せば、もしかするとそれは最上級の誉め言葉かもしれないと思ったからだ。


子供の頃は、朝起こされなければ何時間でも惰眠を貪っていられたものだが、いつの間にやら誰に起こされなくても出社するときと同じ時間に目が覚めるようになった。これもまた、寄る年波というやつなのかもしれない。

目覚まし時計もセットしていないのに今朝も七時に目を覚ました入江は、瞼を開けた瞬間目に飛び込んできた颯斗の寝顔を見て、ふっと目を細めた。

颯斗は口を小さく開け、ぐっすりと眠り込んで目覚める様子がない。子供のような寝顔に小さくキスを落としてベッドを出た。

（そういえば、スマホの電源を落としたままだったな……）

下着だけ着け、部屋の隅のコンセントで充電されていたスマートフォンを手に取った。充電器から本体を外し、眠る颯斗に背を向けるようにベッドの端に腰掛ける。

一度完全に電源が落ちてしまったので、起動するまでに時間がかかる。今日は取り立てて急いでいるわけでもないのでのんびり待っていると、ようやく画面が明るくなった。

結花からメッセージが届いていた。昨晩、入江が実家を出た直後に送ってきたらしい。『急にどうしたの？　何かあった？』とある。

『昨日は申し訳ない。急用を思い出した』と送り返したが、返事はない。昨日はあの後も友人たちと楽しく過ごしていたのだろうし、きっとまだ眠っているのだろう。

手持ち無沙汰にホーム画面を眺める。画面の左上にはアイドリのアイコンが残ったままだ。

指先でそっとアイコンをタップしてみる。すぐに画面が切り替わり『アイドルドリームはサービスを終了いたしました』という簡素な文面が表示された。

アプリを起動しても、もう『アイドルドリーム！』というメンバーたちの華やかな声は聞こえない。オープニングの曲も流れない。タケルたちの顔を見ることはもちろん、メール画面に飛ぶこともできない。

（本当に終わったんだな……）

最後を華々しく飾るイベントもなく、淡々と。

毎日届いていたタケルからのメールも、二度と届くことはないのだ。

さすがに淋しく思って溜息をついたそのとき、スマートフォンにメールが届いた。

どきりとする。最近はもっぱらメッセージアプリばかり使っていたので、メールが届くなんて珍しい。迷惑メールだろうかと思ったが、ポップアップに表示された文面を見て目を見開いた。

『おはよ。何してた?』

ごく短いその文章は、あまりにも見覚えがありすぎた。それもそのはず、毎朝タケルから届いていたメールの文章そのままだ。

慌ててメールボックスをタップする。差出人の名前を確認した入江は、目を見開いて背後を振り返った。

ベッドの上では、颯斗がこちらに背中を向けて横たわっている。その手にはスマートフォンが握られて、画面から淡く光が漏れていた。

「……佐伯(さえき)」

名前を呼ぶと、肩越しにちらりと颯斗が振り返る。

たった今、タケルから送られてくるメールと同じ文章を送りつけてきたのは、颯斗だ。

颯斗はすぐに入江から視線を外し、自身のスマートフォンに目を落とした。

「アイドリが終わって、そう簡単に立ち直れないのはわかるけど、そんな目に見えて落ち込んだ顔するなよ」

「あ……すまん。そうだよな、お前が昨日あれだけいろいろ準備してくれたのに」

いつまでもぐずぐずと落ち込んでいたらさすがに颯斗も気を悪くするだろうと思ったが、颯斗から返ってきたのは「そういうことじゃなくて」というぶっきらぼうな声だった。いつだって人当たりのいい颯斗にしては珍しく声に棘が立っている。

よほど機嫌を損ねたかと慌てて身を乗り出す。そっと肩に手を置くと、嫌がるようにますます背を向けられてしまった。

何をそんなに怒っているのかわからずうろたえていると、颯斗がぼそっと言った。

「俺、タケルにも嫉妬するって言ったはずだけど……」

聞き覚えのあるセリフに目を瞠る。同じ言葉を、初めてベッドを共にしたときも言われた。

あのときの颯斗は、どこか緊張したような面持ちだった。タケルと自分が張り合えるのか、まだ自信が持てていないような。

でも今は、あのときとは違い、明らかに機嫌を損ねている。

タケルより俺を構え、と丸まった背中が訴えているようで、そんな姿を見てしまったら、胸の底から愛しさが噴き出してきて止まらなくなった。

自分もベッドに上がり込み、背中から力いっぱい颯斗の体を抱きしめる。それでも颯斗は振り返らない。でも、髪の隙間から赤くなった耳が見え隠れする。

可愛くてどうにかなってしまいそうだ。普段は入江がどれだけスマートフォンを見ていても何も言わないのに。デート中にアイドリをプレイしても文句を言うこともなかったのに。

一晩中手加減なしで甘やかしたかいがあった。恋人相手に不満を言わず、喧嘩も吹っ掛けてこなかった颯斗がようやく本気で口にしてくれた言葉だ。

きっとこれが、颯斗なりの最大限の我儘(わがまま)なのだろう。前回のように冗談めかした言い方ではなく、本当につまらないと思っている口調が愛しかった。

たまらない気分になってあらん限りの力で颯斗を抱きしめていると、さすがに居心地が悪くなってきたのか、颯斗がぼそっと呟いた。

「俺が一緒にいるのに、あんまり落ち込まれても……」

「うん、そうだな。すまん、俺が悪かった、全部俺のせいだ、改める」

「あと、名前……」

颯斗の声が急激に小さくなったので、身を乗り出して耳を傾ける。

「……なんでタケルばっかり下の名前で呼ぶんだよ」

ぐぅ、と、みぞおちに拳(こぶし)をめり込まされたような声が出てしまった。それを言うならお前だって、なんて野暮なことは言うまい。それはおいおい追及することにして、颯斗を抱く腕に力を入れた。

「わかった。颯斗って呼んでいいんだな。颯斗、会社でうっかり口を滑らせたらすまん」

「……やっぱり名前で呼ばなくていい」

「呼ばせてくれ。あと、そろそろこっち向いてくれないか。悪かった、もう目移りしないから。参った、なんでそう可愛いんだ」

「うん……、うん？　なんか最後に変な言葉混ざってなかったか？」

変じゃない、と笑いを含ませた声で答える。颯斗だってわかっているのではなかったのか。愛しい恋人に対して囁く「可愛い」は、最大級の愛の言葉だ。

あとがき

AFTERWORD…………………

—海野幸—


　最近とみにゲームをする体力が落ちてきた海野(うみの)です、こんにちは。

　子供の頃は一日中でも遊んでいられたのですが、気がつけば大作ゲームを買ってもクリアできないまま終わってしまうことが増えていてなんだか淋しいです。最近はもっぱら空き時間にパズルゲームなどして過ごしています。上海(シャンハイ)とか大好きです。

　ところで作中に出てくる『ゲームの選択肢は一番上しか選ばない』というプレイ方法は、私の知人が実践(じっせん)しているものであります。恋愛シミュレーションでそれをやっていると聞いたときは本当に血も涙もないな？　と思いましたが、本人いわく「すべてのエンディングを見る前提で周回プレイしてるんだから、むしろゲームに対する愛はある」とのこと。言われてみればそうかもしれず、世の中にはいろんなゲームの楽しみ方があるんだなぁ、と感じ入った次第です。

　ちなみに私も以前、現実世界の時間と連動している恋愛シミュレーションゲームをプレイしたことがあります。毎度選択肢に迷いながらキャラとの親密度を上げておりましたが、うっかりデートの時間にゲームを立ち上げるのを失念。約束をすっぽかしてしまった申し訳なさからキャラの顔を見ることができなくなり、それきりゲームをプレイしていません。

こうして書いてみると、むしろ私の方が血も涙もないような気がしてきました。

考え方は人それぞれ。そんなことをしみじみ思ったから、というわけではないのですが、今回は前半が颯斗視点で、後半は入江視点となっております。受視点でお話を書くことの方が圧倒的に多いのですが、攻視点で書くのも大好きなので大変楽しく執筆させていただきました！

最初は後半も颯斗視点で書くつもりでプロットを作っていたのですが、途中でこれは入江視点にした方がよさそうだな、とプロットを作り直しました。

思えば雑誌に掲載していただいた前半部分も、プロットの時点は颯斗が攻で入江が受だったのですがなんだかしっくりこず、受攻逆にしたプロットを書き直して提出した覚えがあります。ああでもないこうでもないといろいろ悩みながら書いたお話なので、こうして本にしていただいて感無量です。

イラストは、カワイチハル先生に担当していただきました。爽やかイケメンな颯斗と、大らかで男前な入江をありがとうございます。スーツ姿の二人が凛々しくて凄く素敵でした！

そして末尾になりますが、この本を手に取ってくださった読者の皆様、本当にありがとうございます。少しでも楽しんでいただけましたらこれ以上の幸いはありません。

それではまた、どこかでお目にかかれることを祈って。

海野　幸

この本を読んでのご意見、ご感想などをお寄せください。
海野 幸先生・カワイチハル先生へのはげましのおたよりもお待ちしております。

〒113-0024　東京都文京区西片2-19-18　新書館
[編集部へのご意見・ご感想] ディアプラス編集部「一途なファンの恋心」係
[先生方へのおたより] ディアプラス編集部気付　○○先生

-初出-
一途なファンの恋心：小説ディアプラス2020年ナツ号（Vol.78）
これは愛の言葉：書き下ろし

[いちずなファンのこいごころ]
一途なファンの恋心

著者：**海野 幸** うみの・さち

初版発行：2021年7月25日

発行所：株式会社 新書館
[編集] 〒113-0024
東京都文京区西片2-19-18　電話（03）3811-2631
[営業] 〒174-0043
東京都板橋区坂下1-22-14　電話（03）5970-3840
[URL] https://www.shinshokan.co.jp/

印刷・製本：株式会社 光邦

ISBN978-4-403-52534-6 ©Sachi UMINO 2021 Printed in Japan